QUAND VIENT LA VAGUE

Privé Août 2025

MANON FARGETTON X JEAN-CHRISTOPHE TIXIER

QUAND VIENT LA VAGUE

RAGEOT

Cet ouvrage a été imprimé sur un papier
issu de forêts gérées durablement,
de sources contrôlées.

Couverture : © Arcangel/Dragan Todorovic

ISBN : 978-2-7002-5638-3

À Stéphane,
qui nous a supportés
pendant ses vacances.

PROLOGUE

Je claque la porte derrière moi, me laisse surprendre par la température extérieure. Il fait un froid glacial. À chaque expiration, un nuage de buée s'échappe de ma bouche, puis se dissipe comme s'il n'avait jamais existé.

Je pose mon sac à mes pieds, ferme les yeux, les rouvre. Comment imaginer que je ne reverrai jamais plus cet endroit ?

Alors que je remonte l'allée qui mène au portail, j'ai l'impression de traverser un décor de carton-pâte. Tout, autour de moi, est parfaitement à sa place. Les pins. La balançoire sur laquelle on jouait, mon frère et moi, il y a encore quatre ou cinq ans. Le tas de bûches sous l'appentis. Rien n'a bougé, pourtant, ça sonne faux désormais.

Sans me retourner, je quitte le jardin pour la rue déserte.

En me réveillant ce matin, j'avais peur que des larmes mouillent mes yeux au moment de partir. J'ai lu quelque part qu'un amputé peut ressentir le membre absent, voire éprouver de la douleur là où il n'y a plus que le vide. Ce n'est pas mon cas. Je laisse derrière moi le lieu où j'ai grandi, sans que cela provoque la moindre souffrance, et ça me soulage.

La maison familiale est nichée dans un creux, un peu à l'écart des autres. À cette époque de l'année, plus de la moitié des maisons sont fermées. Jusqu'à l'été prochain. Comme cet horizon n'est plus le mien, j'évite d'y penser.

Après quelques mètres, je m'arrête au-dessus d'une bouche d'égout destinée à recueillir le trop-plein de pluie qui ruisselle des dunes alentour.

Là, je tiens un instant le trousseau de clés entre mon pouce et mon index. J'écarte mes doigts. Je le regarde tomber, voudrais que la scène se déroule au ralenti. Un étrange cliquetis plus tard, il disparaît dans un épais tapis d'aiguilles de pin. J'imagine l'eau qui l'emmènera dans les profondeurs à la prochaine averse. Comme si une bonne pluie pouvait tout laver, faire disparaître toute trace. Ce serait tellement facile.

Je souris, du moins j'en ai l'impression.

Les yeux fixés sur mes pieds, je me remets en marche.

Aujourd'hui, j'ai dix-sept ans, et je ne sais pas encore si ma vie s'arrête, ou bien si tout commence.

Peut-être les deux à la fois ?

1

Assis sur sa planche de surf, les yeux rivés à l'horizon, Clément attend une vague digne de son attention. Il en laisse passer plusieurs, ajustant son assiette comme un cavalier d'obstacles pour ne pas perdre l'équilibre.

Une dizaine de potes sont éparpillés à la surface, meute mi-adolescente mi-résine recouverte de néoprène pour braver le froid de février. Leurs déplacements s'accordent avec naturel. Ils sont ensemble, mais seuls ; à portée de voix, mais silencieux. Clément aime cette complicité qui se passe de mots.

Soudain, un creux plus profond s'avance. Clément rétropédale, retourne sa planche, s'allonge, tend un bras vers l'avant… Il interrompt son mouvement en découvrant un de ses amis en meilleure position que lui pour s'élancer. Alors il se rassied, dévisse son torse, affronte d'un plissement de paupières le soleil déclinant de la fin d'après-midi. Déjà, il cherche une nouvelle possibilité de glisse, qui ne tarde pas à se montrer. Clément se positionne cette fois à l'endroit exact où la mousse apparaîtra pour avoir la priorité sur la vague. Il rame en un crawl effréné, propulsant son surf vers la côte. Et juste avant que la masse liquide le rattrape, il jette un coup d'œil en arrière.

L'espace d'un battement de cils, le monde s'arrête.

C'est l'instant que Clément aime par-dessus tout. Plus encore que la sensation de vitesse, que l'infime tremblement de la planche sous ses pieds, que le pas de deux avec la pente mouvante, il savoure cette seconde où les rayons obliques du soleil transpercent la vague qui s'affine en s'élevant vers le ciel, la parant d'un inimitable vert pâle saupoudré d'or.

Clément s'est toujours dit que s'il tombait amoureux un jour, ça ne pourrait être que d'une fille dont les iris possèdent cette teinte. Une fille-vague. Une fille-soleil. Une fille d'eau au regard transparent et suspendu comme la crête d'une déferlante prête à s'abattre sur son cœur. C'est un romantique, Clément, même s'il ne l'avouera jamais à ses potes.

Puis le grondement l'enrobe. Il sent l'eau le soulever et, d'une impulsion, s'arrache à la gravité pour retomber sur ses pieds. Il incline sa planche vers la droite, entame une longue course avec l'écume. Celle-ci finit par le rejoindre. Beau joueur, il se laisse tomber en arrière, un large sourire aux lèvres. La fraîcheur de l'océan le happe, s'infiltre sous sa combinaison, recouvre son visage, avant de le recracher à la surface moussue.

Clément remonte sur sa planche. Il prend le temps d'apprécier la performance d'un ami qui vient à son tour de s'élancer. Puis il repart vers le large.

Le soleil est presque couché lorsqu'ils sortent de l'eau. Ils plantent leurs surfs sur la plage, jettent leurs combinaisons par-dessus, escaladent l'éboulis de gros rochers qui monte jusqu'à la route, se rhabillent en frissonnant. La passion du surf les a fédérés enfants, et ils se retrouvent chaque week-end sur cette plage depuis des années. Parfois, l'un ou l'autre manque à l'appel – obligations familiales, vacances lointaines –, les raisons sont multiples mais ne les retiennent jamais longtemps, et ils réapparaissent la semaine suivante.

Clément s'assied sur un rocher. Il écoute d'une oreille distraite les plaisanteries qui jaillissent et se répercutent d'un bout à l'autre du groupe. Ses pensées sont ailleurs. On le laisse tranquille, comme chaque fois qu'il tombe dans cette humeur pesante.

Noah, son meilleur ami, sort un paquet de chocos et le lui tend avant de se laisser tomber à ses côtés.

– Ça fait dix mois, non ? lâche-t-il sur le ton de la conversation.

Clément hoche la tête.

– Dix mois pile, souffle-t-il après quelques secondes.

Son regard dérive le long du rivage. Clément aime l'océan. Il fait partie de lui, court dans ses veines. Et pourtant, il ne représente plus tout à fait le même refuge depuis que sa grande sœur, Nina, a disparu.

Il y a dix mois.

Pile.

Le lendemain de sa disparition, Clément a fui ici, s'est fondu dans l'écrin translucide de l'océan, s'est saoulé de sel et de soleil. Mais au lieu de l'aider à oublier, cette plage a amplifié son malaise. Et si Nina s'était suicidée ? s'est-il dit. Et si elle avait plongé dans l'eau noire de la nuit pour ne plus jamais en sortir ?

Après ça, il n'a plus surfé pendant des jours. L'idée même d'entrer dans l'eau qui avait peut-être avalé sa sœur le dégoûtait. Et bien que, ne voyant aucun corps rejeté sur la plage, il ait fini par remonter à l'assaut des rouleaux, son plaisir de surfeur n'en est pas ressorti intact, car l'écho de ce dégoût qui l'a étreint persiste jusqu'à aujourd'hui.

Noah est le seul de la bande à lui parler encore de Nina. Les autres n'osent plus, ou évitent de ranimer les ombres qui dansent dans son regard à chaque fois qu'il pense à sa sœur. Au début, Clément appréciait cette prévenance. Maintenant, elle le blesse. C'est comme si leur silence niait l'existence de Nina, la repoussait inexorablement dans le passé, l'effaçait un peu plus.

– Tes parents tiennent le coup ? demande Noah.

– Nan. Ma mère, c'est de pire en pire.

Il ne supporte plus l'ambiance à la maison. Les premières semaines, ses parents suivaient de près l'enquête de police, animaient une page Facebook intitulée « Retrouver Nina », placardaient des affiches dans toute la région, passaient à la radio, à la télé. Clément, mal à l'aise, avait participé à ce battage médiatique. Sa mère refusait de se laisser déborder par ses sentiments. En public, il fallait rester digne. En privé, elle le couvait. Il ne pouvait plus rien faire seul, avait perdu toute liberté de mouvement.

– Si tu disparaissais, toi aussi, je… soufflait sa mère en guise d'excuse.

« Je » quoi ? Peu importe. L'avertissement n'avait pas besoin d'être formulé pour trembler entre eux et le confiner à sa chambre dès son retour du lycée. Clément s'était plié à ces nouvelles règles, sous le choc de la disparition de Nina. Son père avait mis entre parenthèses ses déplacements professionnels pour être plus à la maison. Ce moment de repli sur leur cellule familiale amputée d'un membre leur était nécessaire. Ils devaient retrouver un équilibre, apprendre à fonctionner à trois, sans perdre espoir de retrouver Nina.

Mais Clément étouffait.

Chaque jour, l'attention constante de sa mère devenait plus pesante. C'était comme si elle voulait réparer avec lui ce qu'elle avait raté avec Nina, comme si elle voulait « bien faire », ne plus prendre aucun risque.

C'était trop. Alors il a craqué. Lui qui ne crie jamais, qui s'exprime si peu, a hurlé.

– Ce n'est pas parce que Nina a disparu que je n'ai plus le droit de vivre ! Lâchez-moi !

Ses parents se sont réhabitués à ses absences.

– Ils ne la cherchent même plus, dit-il en se tournant vers Noah.

– Comment ça ?

– Les flics... Mes parents... Au début ils étaient à fond, et maintenant... (Noah lui jette un regard étrange.) Quoi ?

– Rien.

– Mais bien sûr...

Ils s'affrontent un instant en silence, tendus.

– Je ne t'ai pas donné mon avis parce que c'est ton histoire, pas la mienne, lâche Noah à contrecœur, mais... Tu as fait quoi, toi, pour retrouver Nina ? Peut-être qu'ils ne la cherchent plus. Seulement toi, tu ne l'as *jamais* cherchée. Je veux dire, si j'avais une sœur et qu'elle... Putain, je retournerais le monde entier jusqu'à savoir ce qui lui est arrivé, quoi !

Le premier réflexe de Clément est de protester. À la place, il se recroqueville. Noah ne s'énerve jamais, et à cet instant il n'est pas juste agacé. Il est furieux. Le pire, c'est qu'il a raison. Une honte brûlante monte dans la gorge de Clément. Il n'a RIEN fait. Il s'est accroché à sa vie d'avant en laissant les adultes se débrouiller, comme si la disparition de sa sœur ne le concernait pas vraiment. Il s'est comporté comme un crétin égoïste. Il était un crétin égoïste. Il est un crétin égoïste. Il lui aura fallu dix mois de délitement familial et un Noah impitoyable pour en prendre conscience.

– Tu as raison, murmure Clément. On se fait un burger ?

Celui-ci secoue la tête.

– Désolé mec, ce soir je ne peux pas. J'ai promis d'être là pour dîner.

– Pas de soucis.

– On se voit à la fête demain chez Alex, lui rappelle-t-il en désignant l'intéressé du menton. Tu viens, hein ?

– Bien sûr.

L'écho de leur accrochage tremble encore entre eux.

Le groupe s'éparpille. Certains grimpent sur des scooters, glissent leur planche en travers de leurs genoux. Clément tape le poing de Noah et rejoint son vélo. Il s'est bricolé une remorque sur laquelle il sangle son surf. Puis il rabat sur sa tête la capuche de son pull et, une impulsion de pédales plus tard, s'élance dans le crépuscule.

◆

Traversant la station balnéaire déserte, Clément s'arrête devant la seule sandwicherie ouverte hors saison, achète un panini qu'il dévore en quelques bouchées, et repart. Les dernières maisons s'effacent. Il s'engage sur la départementale qui s'enfonce dans la pinède et inspire à plein nez la nuit naissante.

Il va encore se faire engueuler pour n'avoir pas pensé à prendre d'éclairage, songe-t-il par réflexe avant de réaliser que non, personne ne lui fera de remarque. À part pour le surf, Clément est quasi transparent aux yeux de son père, et sa mère n'ose plus s'opposer à lui, de peur de le perdre comme elle a perdu Nina.

Tu as fait quoi, toi ?

Les reproches de Noah tournent dans sa tête, obsédants.

Il traîne un peu. Finit par arriver.

Clément abandonne son vélo et son surf dans le garage qui occupe le sous-sol. Il monte l'escalier intérieur vers la maison.

– Clément ? lance sa mère à l'instant où il pousse la porte.

– C'est moi.

Elle déboule du salon, s'arrête sur le seuil de l'entrée, le détaille de haut en bas comme pour s'assurer de ses propres yeux qu'il est bien rentré. Elle porte sur ses traits le souvenir blafard de ce que les policiers leur ont annoncé hier.

– Tu as faim ? demande-t-elle.

– J'ai mangé, merci. Je vais… aller dans ma chambre.

– Ah… Tu es sûr ? Tu ne veux pas un dessert ?

Clément sent sa mère fragilisée, épuisée. Elle s'acharne à maintenir les apparences, se retranche dans une combativité de façade lorsqu'elle sort de la maison – ce qui lui arrive de moins en moins souvent, sauf pour aller travailler. Mais elle est comme éteinte.

– D'accord, capitule Clément, un dessert.

Il la suit. Son père, attablé dans la cuisine, l'accueille d'un sourire étincelant de commercial.

– C'était une bonne session ? s'enquiert-il.

Il est commercial dans une société de matériel et vêtements de surf. C'est lui qui a initié Clément à cette pratique et c'est bien la seule chose qu'ils ont en commun, puisqu'il y a des années qu'il n'est pas monté sur une planche. Il continue de faire semblant d'être dans le coup pour ses clients, travaillant son bronzage avec un zèle pathétique. Une réponse acerbe monte aux lèvres de Clément. Il la retient. Il déteste les conflits. Il fait tout pour les éviter, même si ça implique parfois de passer pour un lâche. Ou d'en être un.

– Ouais, c'était sympa.

Il s'assied à sa place habituelle, à côté de sa mère, face à la place vide de sa sœur, et ouvre le pot de mousse au chocolat.

– Il y a du gâteau, Clément, l'arrête sa mère.

Le ton de sa voix l'alarme. Gâteau. Anniversaire. Merde, Clément a complètement oublié que c'est aujourd'hui ! Il n'a pas prévu de cadeau – c'était toujours Nina qui s'en chargeait pour eux deux. *Crétin égoïste*, souffle sa petite voix intérieure. S'il avait besoin d'une preuve de plus, c'est gagné. Il va devoir improviser.

– C'est vrai, dit-il, bon anniversaire papa.

– Merci champion !

– Heu, il y a eu un souci de livraison, ton cadeau n'est pas encore arrivé.

Il trouvera bien une bricole à acheter le lendemain.

– Bah, comme ça mon anniversaire durera plusieurs jours, rétorque son père avec un clin d'œil complice.

Clément esquisse un sourire qui s'efface dès que ses yeux reviennent s'aimanter à la place vide en face de lui.

Comment leur père, pourtant si proche de Nina, peut-il agir comme si le drame était derrière eux et qu'il fallait tourner la page ? Plus jamais il ne montre sa détresse.

Cependant, la veille au commissariat, Clément l'a vu baisser la garde pour la première fois depuis des semaines. Ça n'a duré qu'un instant et, si son attention s'était posée ailleurs, il aurait raté la soudaine fragilité apparue dans le regard de son père à l'idée qu'il n'aurait peut-être plus aucun contact avec sa fille aînée. Car c'est bien cela que leur ont expliqué les policiers. Nina a disparu le jour de ses dix-sept ans. Dans deux mois pile, si elle est encore en vie, elle en aura dix-huit. Les policiers diminueront alors les effectifs dédiés à l'enquête et, même s'ils retrouvent Nina après sa majorité, elle sera libre de ne jamais rentrer à la maison ni de leur donner de nouvelles.

« Disparition volontaire », ils appellent ça.

N'importe quel adulte, du jour au lendemain, a le droit de tout plaquer et de refaire sa vie ailleurs. Les proches de sa première vie ? La seule information que leur donneront les policiers si l'enquête aboutit, c'est que le disparu est vivant, mais ne souhaite pas rester en lien. Point barre.

En théorie, Clément trouve ça dingue, et un peu grisant, aussi. En pratique, face à l'incertitude sur le sort de sa sœur, il juge cette loi injuste et insupportable.

La colère s'enroule en lui. Colère contre Nina qui l'a abandonné sans explication, colère contre les policiers dont l'enquête s'embourbe, colère contre le silence de ses camarades de lycée lorsqu'il passe dans les couloirs, colère contre leurs parents qui mentent au monde entier en prétendant que tout va bien, qu'ils sont forts, qu'ils se battent. Ils ne sont pas forts. Ils ne se battent plus. Ils sont à un doigt de renoncer. Mais lui ne renoncera pas.

Tu as fait quoi, toi ?

Rien. Jusqu'à aujourd'hui.

Alors que la dernière cuillère de gâteau disparaît dans sa bouche, Clément décide de tout reprendre du début, chaque élément, un à un, pour reconstituer le puzzle laissé par Nina. Il a deux mois pour retrouver sa sœur. Deux mois pour obtenir une réponse à la question qui le hante. Est-elle vivante ou morte ?

Sans un mot, Clément quitte la table, gagne l'étage, et referme la porte de sa chambre derrière lui.

2

J'allume les bougies une à une, sans les recompter. Il doit y en avoir quarante-sept. Avec mon père, j'ai exactement trente ans et deux mois d'écart. Il est né un 8 février, et moi un 8 avril.

– Alors, ça vient ? hurle mon frère depuis le salon.

– Fous-lui la paix, le rabroue mon père en riant.

Je craque une nouvelle allumette. La chaleur des bougies embrase mes joues.

– Elle est capable de mettre le feu à la maison.

– Boucle-la, morpion ! je hurle à mon tour.

– Si tu n'accélères pas, je vais louper la marée.

L'océan. Le terrain de jeu de mon frère. Clément vit avec lui une passion fougueuse, à la recherche de sensations toujours plus intenses. Au début, je craignais qu'une vague un peu trop vicieuse l'emporte un jour.

Mais Clément se joue de tous ses pièges, sait en tirer le meilleur. C'est un malin. Un malin qui fait la fierté de notre père. Pourtant ce dernier ne veut pas le lui dire. Je le vois bien. Je le sens aussi. Secrètement, je suis convaincue que notre père pense et espère que Clément pourra faire carrière dans le surf, mais il a peur qu'il se repose sur ses lauriers s'il le lui dit. Quelle consécration pour papa, commercial pour une ligne de vêtements et d'objets liés au surf. Père d'une graine de champion. Je trouve cette faiblesse craquante, et je tire toujours un sourire de tendresse à notre père quand je le sens contenir et cacher la fierté qui gonfle en lui dès que Clément évoque ses exploits.

Clément a presque un physique d'adulte. Une carrure d'athlète aussi, avec un mental de gamin. La seule chose qui l'intéresse, c'est le surf. Il collectionne les planches avec la passion qui était la sienne pour les Lego. Nouveau terrain de jeu, même engouement puéril. Il assemblait des briques. Il enchaîne les vagues. Il ne semble pas capable d'aller plus loin. Je me demande quel genre de fille il pourra bien ramener à la maison le jour où il sera plus mature ! S'il finit par grandir dans sa tête.

– Tu as besoin d'aide ? demande notre mère qui vient de pénétrer dans la cuisine.

– Je devrais m'en sortir.

Elle ouvre le réfrigérateur, attrape une bouteille de champagne.

– Et le paquet ? Tu l'as mis où ?

– Il est ici. Je vais l'amener avec le gâteau. Commence à servir le champagne, j'arrive.

Le paquet renferme un stylo. Un beau stylo avec le corps en argent, que j'ai choisi moi-même. Ce n'est pas simple de trouver une idée, quelques semaines seulement après Noël. Avec son métier, notre père a déjà tout ce qu'il lui faut dans ses placards. Et même plus. Comme nous tous, puisqu'il nous rapporte des fringues à chaque collection. Côté nouvelles technologies, il est paré. Tablette, téléphone pour son travail. Pour la musique, qu'il écoute beaucoup lors de ses nombreux déplacements, c'est pareil. Les livres ? À part des revues traitant du surf, il ne lit jamais. Et tous les bouquins sur le sujet, on les lui a déjà offerts. J'avais pensé lui prendre un parfum, ou bien lui faire un bon pour un soin, mais j'ai trouvé ça gnangnan. Alors que le stylo, il pourra l'utiliser tous les jours. Notre mère a trouvé que c'était une bonne idée, m'a donné un chèque pour que je me charge de l'acheter.

Je fais le pari que Clément ne sait déjà plus de quoi il retourne. Je lui en ai pourtant parlé. Il n'a même pas proposé de participation financière. S'il ne s'agit pas de surf, il ne retient rien. Passion ou égoïsme ? Je me dis que la frontière entre les deux est particulièrement ténue. Bon courage à sa future nana.

À mon retour au salon, je suis accueillie par des *Ah* enthousiastes.

Mon père me sourit tendrement.

– Je suis si vieux que ça ? demande-t-il en prenant un air effaré et en tâtant son buste puis son visage, comme s'il cherchait des signes de vieillissement.

– Bientôt la maison de retraite et les couches-culottes, raille Clément.

Mon père lui balance sa serviette dans la figure.

– Profite ! Ça passe beaucoup plus vite qu'on ne pense. À ton âge…

– … j'espère que tu étais moins bête que lui, je lance à mon tour.

Mon père se lève, me serre dans ses bras et dépose un baiser sur chacune de mes joues.

– La chouchoute est de retour ! lance Clément.

– Moins bête, je ne sais pas, lâche-t-il en se rasseyant, mais j'étais plus bosseur.

Ça c'est sûr.

– Trop facile, râle Clément. Si c'est le bac qui vous inquiète, je l'aurai. J'ai du temps pour m'y mettre, je ne suis qu'en troisième. Et pour le brevet, il ne va pas me manquer beaucoup de points, vu mes notes en contrôle continu.

Je tends le paquet à notre père.

– De notre part à tous. Si tu veux un indice, Clément peut t'en donner un.

Il me jette un regard étonné.

Notre mère éclate de rire, doit reposer la bouteille de champagne pour ne pas en renverser alors qu'elle sert les coupes.

– C'est malin, râle Clément. C'est ma fête ou quoi ?

– Ah non, c'est la mienne, dit mon père en poussant son portable qu'il garde toujours à portée de main et en tirant vers lui le gâteau pour souffler les bougies.

Il gonfle ses poumons, se penche en avant, les éteint toutes d'un coup.

– Pas mal pour un vieux, non ?

Je l'observe. Des cheveux blancs encore épars colonisent ses tempes, alors que quelques rides se forment aux coins de ses yeux en une sorte d'éventail heureux.

Ma mère retire une à une les bougies que Clément récupère pour lécher le chocolat sur les pics en plastique.

– Au printemps, on pourrait tous partir une semaine à Paris, annonce mon père.

– C'est loin de la mer, dit Clément.

– C'est bon, y a autre chose dans la vie ! je réagis aussitôt.

– L'année prochaine, Nina sera en terminale et préparera son bac. L'année d'après, elle quittera la maison pour aller faire ses études à Bordeaux, à Paris ou ailleurs. C'est peut-être une des dernières occasions, non ? fait-il remarquer dans un regard circulaire pour susciter nos réactions à tous.

Notre mère se redresse sur sa chaise, saisit le couteau pour couper le gâteau.

– Oui, ce serait une excellente idée, dit-elle.

– Tous les quatre, insiste-t-il avec un brin de mélancolie dans la voix.

– Quitte à voyager, on pourrait se faire New York ! Il y a des vols pas chers maintenant, propose Clément.

– Pourquoi pas, dit notre père. Et toi, tu en penses quoi ? me demande-t-il.

L'idée me ravit. Je me rappelle une virée en Espagne, quand j'avais treize ou quatorze ans. Clément aurait dû être du voyage, mais avait fait des pieds et des mains pour rester chez un copain afin de ne pas louper un stage de surf. Résultat, nous étions partis tous les trois, mes parents et moi. Quatre jours à Séville et Cordoue, dont je garde des images précises, certainement indélébiles. L'absence de Clément avait rebattu les cartes. L'espace de ces quelques jours, je n'avais plus eu l'impression d'être la fille de mes parents, mais une adulte à part entière. On avait discuté de la vie et du monde, on avait ri ! Cela reste, aujourd'hui, mes meilleurs souvenirs de vacances avec eux.

– On pourrait retourner au sud de l'Espagne, je propose.

J'ai voulu dire ça sans méchanceté. Clément y voit de la raillerie.

– Tu vas encore raconter que c'était super, qu'heureusement que je n'étais pas là, que…

– Eh bien non. Tu as grandi maintenant, je lance en me levant et en faisant le tour de la table.

Je me place derrière lui, passe mes bras autour de son cou et l'embrasse sur la joue.

– Tu piques, je le charrie.

Notre père et notre mère me sourient.

– J'ai plus huit ans, rétorque Clément.

Je lui ébouriffe les cheveux. Avec le sel de l'océan, ils ont des reflets blonds empruntés au soleil. C'est vrai qu'à Paris, il paraîtrait débarqué d'une autre planète.

– Pourquoi pas New York. (Clément se retourne, écarquille les yeux.) Ben quoi, quand t'as de bonnes idées, je suis capable de le reconnaître.

Il reste un moment interdit, ne sachant pas si je parle sérieusement ou si je me moque de lui. Puis il se tourne vers notre père.

– Si ta chouchoute le veut aussi, tu vas être obligé d'accepter.

Notre père éclate de rire.

– Je vais devoir demander une augmentation.

– Ils peuvent te l'accorder, lui lance Clément, tu es leur meilleur commercial. C'est pas pour rien qu'ils t'envoient chaque mois une semaine à Nantes pour booster les ventes du secteur.

– Qui veut une grosse part ? demande notre mère. Clément ?

– Non, moi j'en veux une petite, sinon je ne vais plus entrer dans ma combi.

– Tu es pire que mes copines ! je dis en regagnant ma place.

– Et toi, Nina ? Une grosse ? me propose-t-elle en tendant une part qui tremble dangereusement sur la pelle à gâteau.

Comme Clément guette ma réaction, notre père vole à ma rescousse.

– Pour moi la grosse. J'ai une faim de loup. Et puis je demanderai qu'on accroche une étiquette marquée L sur mes vêtements XL. Ni vu ni connu.

– Je croyais que le slogan de ton entreprise c'était *La transparence avant tout.*

On éclate tous de rire.

– Oui, c'est vrai, admet-il. La transparence. N'est-ce pas ce qu'il y a de plus important ? me prend-il à partie en passant une main dans mon dos.

Je regarde notre père, qui me sourit tendrement.

– « On vous doit la vérité », je lance à mon tour, en citant l'autre devise de la boîte pour laquelle il bosse.

Fibres naturelles. Respect de l'environnement. Conditions de travail décentes. Aucun enfant travaillant dans les usines. L'éthique avant tout. Voilà ce qu'il défend.

Son visage redevient aussitôt sérieux.

– On vit dans un monde dans lequel nos actes doivent être en cohérence avec nos paroles, argumente-t-il. Regarde, ma chérie, les citoyens sont fatigués du baratin des hommes politiques. Les clients aussi. Ils ont compris que la consommation n'est pas un acte neutre, qu'elle a des conséquences au niveau social, comme sur l'environnement. Ils exigent du vrai, du sincère. Alors oui, on leur doit la vérité. Et la transparence. On doit tisser avec eux des liens aussi forts que ceux qui existent dans une famille, insiste-t-il. Non ?

Il me prend la main, la serre dans les siennes et la monte lentement à sa bouche pour y déposer un baiser dans un élan d'amour. À moins qu'il ne s'agisse de mélancolie.

Je suis certaine qu'au fond de lui il redoute de me voir grandir : il a peur que je lui échappe, que je ramène à la maison un garçon en le présentant comme *l'homme de ma vie*. Ce qu'il ne sait pas, c'est que je ne suis pas pressée que cela arrive. J'hésite à le lui dire, préfère me taire. Comme si cela permettait de préserver intacts ces instants.

J'ai beau rêver de prendre mon envol, de partir conquérir la vie et le monde, je trouve mon cocon familial tellement rassurant. Je me dis qu'un jour, tout ceci ne sera plus que des souvenirs heureux auxquels je m'accrocherai quand mon existence sera chahutée par un avis de tempête.

– Je monte me préparer, annonce Clément en se levant de table tout en enfournant sa dernière bouchée.

Lui ne se pose pas ce genre de questions. Comme à son habitude, il fuit dès que la discussion ne tourne pas autour de lui, ou bien du surf. Je me demande parfois s'il a un avis sur les questions de société. Sur la vie en général.

Je me lève à mon tour, commence à rassembler les verres.

– Laisse, je vais faire ça avec ta mère, dit notre père en posant une main sur mon avant-bras.

Alors que je m'apprête à quitter le salon, il m'interpelle.

– J'ai deux photos pour toi.

Quand je me retourne, il tient son téléphone à la main et pianote.

– C'est parti, annonce-t-il. Près de la gare de Bordeaux.

– Merci.

Je mime un baiser. Mon portable vibre déjà.

Une fois dans ma chambre, je me laisse tomber sur mon lit, affiche les deux photos prises par mon père. Il s'agit de collages apposés sur des murs. Le premier représente une femme en maillot de bain, l'artiste l'a collé sous un tuyau de gouttière. Je ne peux retenir un sourire. Sur la seconde, un personnage stylisé tient un ballon en forme de cœur et semble s'envoler au milieu de la vigne vierge qui a envahi le pan de mur.

Je pianote un TOP suivi de trois points d'exclamation, que je m'empresse d'envoyer à mon père.

Ce qui me plaît dans le street art, c'est l'idée que ces œuvres éphémères de toutes sortes disparaîtront à la prochaine pluie pour les collages, au prochain ravalement de façade pour les graffitis ou les pochoirs. L'art de l'instant. Au milieu de la vie et des gens. En les prenant en photo, c'est un peu comme si je les immortalisais.

De rien Banksy

La réponse de mon père me tire un sourire.

Des photos de street art, j'en possède des centaines. Que j'ai prises pour certaines. D'autres l'ont été par lui ou par mes amis. Des plus émouvantes, j'en ai tiré des affiches, qui ornent ma chambre.

J'imagine les murs de New York, couverts par endroits de graffitis grandioses. J'ai hâte d'y être.

Du tiroir de ma table de nuit, je sors mon carnet. Pour le désigner, je n'ai jamais utilisé l'expression journal intime, que je trouve niaise.

Cela fait des années que je note mes impressions ou bien mes sentiments. Je fais défiler les pages, m'amuse de l'évolution de mon écriture. Les phrases aussi ont changé. Elles se sont raccourcies, pour ne devenir que des mots. Trois mots à chaque fois. Pas plus. Des sortes de flashs, comme peuvent l'être les œuvres taguées sur les murs. Si j'avais le moindre talent, je dessinerais, ferais un collage, un pliage ou bien un graff. Mais je n'en possède aucun. Un jour où je m'en suis ouverte à Clément, il m'a répondu que je n'avais qu'à me mettre au tricot. Cet idiot n'imagine même pas que certains artistes l'utilisent, tout comme le crochet ou bien le tissage, pour recouvrir des objets urbains ou des arbres. Le yarn bombing, crétin.

Sur la page blanche, j'inscris la date, écris *New York*, *Bonheur*, m'interroge sur le troisième mot que je vais tracer quand mon frère débarque comme à son habitude sans frapper.

D'un geste vif, je cache le carnet.

– Qu'est-ce que tu fais ? m'interpelle-t-il en jetant un coup d'œil appuyé à mon oreiller. Ah, je vois, tu racontes ta journée à ton ami imaginaire.

– T'es vraiment très con, des fois.

– Pour New York, t'étais sérieuse ?

– J'sais pas. Faut que j'en discute avec mon ami imaginaire.

Clément quitte ma chambre sans un mot. Je l'entends dévaler l'escalier, puis claquer la porte qui mène au garage.

Deux minutes plus tard, je le vois remonter l'allée sur son vélo, sa planche sanglée sur la carriole qu'il s'est bricolée.

Je rattrape mon carnet, note : *Boulet*.

3

Tout reprendre depuis le début. OK.

Assis sur son lit, Clément passe en revue les éléments dont il dispose.

Nina a disparu le 8 avril dernier. Elle a prétendu dormir chez une amie, aussi personne n'a remarqué son absence avant le lendemain matin, lorsque quelqu'un au lycée a appelé pour signaler que Nina ne s'était pas présentée en cours. Évidemment, l'amie concernée n'était au courant de rien, il n'avait jamais été question qu'elles se voient ce soir-là.

Au départ, Clément ne s'est pas inquiété – c'est à peine s'il se sentait concerné. Il se rappelle avoir été interrogé l'après-midi même par un grand flic débraillé.

– Tu te sens proche de ta sœur ?

– Pas trop.

– Vous vous entendez bien ?

– Plutôt.
– Vous passez du temps ensemble ?
– À table, obligé. Sinon, pas depuis longtemps.
– Vous partagiez plus de choses, avant ?
– Quand on était petits, oui. On était tout le temps collés.
– Est-ce que tu te souviens quand ça a changé ? Un événement particulier qui aurait provoqué cet éloignement ?
– Je ne crois pas. On a grandi. On a juste fait nos vies.

Et c'est précisément pour cela que Clément ne s'est pas inquiété. Il a toujours considéré Nina comme quelqu'un de solide. Boudeuse, agaçante, secrète sous son apparence sociable, mais capable de s'extirper de n'importe quelle situation, et aussi de l'en sortir si besoin. Une grande sœur, quoi. Alors pourquoi chercher midi à quatorze heures ? Elle allait forcément revenir, et elle offrirait à leurs parents une explication si cohérente qu'ils ne pourraient pas lui en vouloir.

Autant dire que cette première audition par le policier débraillé n'a pas fait progresser l'enquête. Et les suivantes non plus – ni les siennes, ni celles des amis de Nina.

La piste de la fugue a d'emblée été privilégiée, même si les policiers ne pouvaient écarter un éventuel suicide ou un enlèvement. Cette dernière hypothèse a été invalidée deux jours plus tard, lorsque Clément a reçu un courrier portant la signature de Nina, posté le jour même de sa disparition.

Clément se redresse.

Il a eu cette lettre entre les mains à l'époque, et puisqu'il reprend l'enquête à zéro, il veut la relire. Où leur mère garde-t-elle son dossier sur la disparition de Nina ? Pas dans le bureau de son mari. Dans leur chambre, alors ?

Clément se lève, gagne le couloir, tend l'oreille. Au rez-de-chaussée, ses parents regardent la télé. Huit pas sur la pointe des pieds, et il se faufile par la porte du fond.

Un lit immense trône au milieu de la pièce. S'il vit un jour avec une fille, jamais il n'achètera un lit si grand qu'il pourrait passer la nuit entière sans même l'effleurer ou sentir sa chaleur. Enfin, il n'a pas encore eu la chance de dormir avec une fille, mais tant qu'à faire, il préférerait qu'elle n'ait d'autre choix que de se coller à lui… Et puis de toute façon, il a décidé de vivre dans un van aménagé dès qu'il aura assez d'argent pour en acheter un, alors il n'y aura pas la place pour un grand matelas.

Il délaisse la commode, s'arrête devant le secrétaire de sa mère, en ouvre le rabat. La pochette est là, son carton rouge usé d'avoir été consulté tant de fois. Clément l'emporte dans sa chambre. Ce n'est que revenu dans le décor familier tapissé de posters de surf qu'il ose l'ouvrir.

Des articles de presse soigneusement découpés s'échappent sur la couette.

Clément les écarte. En dessous, il découvre les rapports d'audition – il ignorait que la police en avait fait des copies pour ses parents – qu'il parcourt à peine. C'est la lettre de Nina qu'il veut. Il finit par la dénicher tout en bas de la pile, pliée en deux.

Il s'agit d'une photocopie, bien sûr, l'original est conservé par les flics. La feuille est tachetée de brun et de gris. En l'ouvrant Clément est surpris par la fragilité du papier qui se déchire presque sur les pliures. Combien de fois leur mère a-t-elle relu les mots de Nina pour que la lettre soit dans cet état ? Cent fois ? Mille ? Et lui, une seule ? Alors que sa sœur la lui avait adressée ? Un nouvel élan de culpabilité perce sa poitrine, telle une flèche empoisonnée, tandis que son regard accroche l'écriture ronde de Nina.

Clément,

Je suis ta sœur, tu es mon frère. Aujourd'hui,
je ne sais plus vraiment ce que cela veut dire.
J'ai l'impression qu'on s'est croisés sans se connaître,
ni même se reconnaître. C'est ainsi, et nous n'y sommes
sans doute pour rien. Ni l'un, ni l'autre. Quand tu recevras
cette lettre je ne serai plus là. Cela ne servira à rien
de me rechercher. Sache que ma décision est réfléchie,
et que tu n'as rien à voir là-dedans. Alors évacue tout ça,
et continue ta route.

Je t'embrasse

Nina

Clément saute d'une phrase à l'autre, encore et encore. Le début de la lettre le trouble. Il ne s'en souvenait pas en détail. *Je suis ta sœur, tu es mon frère.* Dans quel but énoncer une telle évidence ? Qu'a-t-elle voulu dire en écrivant cela d'entrée de jeu ? Que ça ne changerait jamais ? Comment cela pourrait-il changer ? C'est absurde.

La suite lui parle davantage. Lui aussi, à présent, a l'impression de n'avoir pas connu Nina, ou d'avoir cru la connaître. Sa grande sœur ne l'aurait pas abandonné ici sans explication et elle n'aurait pas brisé le cœur de leurs parents. Sa grande sœur aurait poursuivi sa vie sans faire de vagues, avec sa détermination discrète. Il doit cesser de penser à elle comme à sa grande sœur, à cette image qu'il a d'elle, à ce qu'il a cru savoir d'elle parce qu'elle vivait à côté de lui. Sa disparition est la preuve qu'elle lui dissimulait bien plus qu'elle ne partageait.

Je ne serai plus là... Ma décision...

Qu'a-t-elle décidé ? De partir, ou de mettre fin à ses jours ? Cette deuxième possibilité le hante. Et pourquoi a-t-elle pris cette décision ? Rien dans ses mots ne permet de le deviner. En était-elle consciente au moment où elle les a rédigés ? Savait-elle que cette lettre apporterait plus de questions que de réponses ? Car en vérité, elle ne dit qu'une seule chose importante : mon départ n'est pas dû au hasard.

Et puis pourquoi Nina lui a-t-elle écrit à lui ? *Cela ne servira à rien de me rechercher... Évacue tout ça et continue ta route…* C'est comme si elle lui tendait une main pour la retirer aussitôt.

Le pire, c'est qu'il s'y est laissé prendre. Nina a deviné que Clément serait ravi de lui obéir, de laisser leurs parents se dépêtrer avec sa disparition sans s'en mêler, de fuir la réalité dans les vagues.

Seulement, Clément n'est plus celui qu'il était il y a dix mois. Il a changé. L'absence de Nina l'a changé. Les mots de Noah l'ont changé. Ou du moins, ils l'ont aidé à se rendre compte qu'il ne veut plus être ce crétin égoïste et immature qui se fiche de ce qui ne tourne pas autour du surf. Il refuse aujourd'hui de jouer la partition passive que Nina a écrite pour lui. Pas après que les policiers lui ont appris hier qu'il ne la reverra peut-être jamais.

Replaçant les documents dans la pochette, Clément se rend dans la chambre de sa sœur. Il a l'impression de pénétrer dans un musée désert. Les policiers sont venus fouiller, bien sûr, mais leur mère a ensuite tout rangé avec soin et personne n'a rien déplacé depuis. Sous la lumière tamisée du plafonnier en tissu jaune, Clément pivote sur lui-même. Il détaille chaque meuble, chaque objet, comme s'il pouvait distinguer sa sœur à travers eux. Un bureau de bois clair avec une mappemonde plastifiée en guise de sous-main, une étagère pleine de bibelots, une bibliothèque débordant de romans, une housse de couette rayée dans des tons pastel. Il sent qu'il lui faut explorer les lieux comme s'il ne la connaissait pas, comme si elle avait raison et qu'ils étaient passés l'un à côté de l'autre sans se voir vraiment.

Qui est Nina ?

Sauf que tout dans cette pièce lui semble impersonnel. Si seulement il parvenait à mettre la main sur ce carnet dans lequel elle écrivait son journal intime… Il soulève l'oreiller, le matelas. Non, le carnet ne peut pas être dans cette pièce, les flics l'auraient trouvé. L'a-t-elle caché ailleurs dans la maison ? L'a-t-elle confié à quelqu'un ?

Il s'approche des photos affichées au mur. Des visages lui sont familiers, autant parce que cette bande d'amis traînait parfois à la maison jusqu'à l'an dernier que parce qu'il les croise au lycée. Sur plusieurs clichés, Nina figure en compagnie de Romane, la fille chez qui elle était censée dormir cette nuit-là, et la grande sœur d'Alex, qui surfe avec Clément.

Alex, qui organise une fête demain soir.

Est-ce que Romane sera là ?

Clément l'espère. Car s'il veut comprendre la disparition de sa sœur, c'est avec Romane qu'il doit parler.

4

Bordeaux.

Quand je quitte le hall de la gare Saint-Jean, un sourire que je n'ai pas commandé se dessine sur ma bouche. Je jette un œil au tram qui approche. J'aime le léger sifflement des roues sur les rails, la cloche qui tinte pour alerter les piétons imprudents.

– On va le louper ! me hurle Romane.

Dans la seconde, nous nous mettons à courir en poussant des cris de joie et d'enthousiasme qui font tourner la tête aux badauds.

– Tu as un ticket ? me lance-t-elle.

Je croise son regard, comprends qu'elle non plus n'en a pas. Nous éclatons de rire en nous engouffrant dans la rame. Juste avant que les portes se referment.

Tandis que nous reprenons notre souffle, nous continuons à rire. Par la baie vitrée, je contemple les bâtiments. Chaque porte d'entrée paraît ouvrir sur un monde nouveau, comme une invitation. Je scrute les murs. Depuis que Bordeaux a été classée au patrimoine mondial de l'Unesco, il n'y a plus un seul graffiti dans cette partie de la ville. Je reporte mon attention sur les passants, aime l'idée qu'ils sont tous pour moi de simples étrangers, et que pour eux, j'en suis une aussi. Anonyme parmi la foule. Cette sensation a le goût épicé de la liberté.

Je pense un instant à Lacanau où j'ai toujours vécu. Avec ses cinq mille habitants à l'année qui se connaissent tous, ou presque. Au moins de vue. Par moments, je trouve ça pesant. Il me tarde d'avoir le Bac pour changer un peu d'air et être impatiente de rentrer chaque week-end, comme je le suis aujourd'hui de partir me balader à Bordeaux. Pourtant, j'aime les pins, le parfum qu'ils exhalent quand, en fin de chaude journée, les sous-bois semblent émerger de leur torpeur.

– Tu rêves, Nina ? m'interpelle Romane alors que le tram atteint la station suivante.

Romane est mon amie, presque une sœur. On se connaît depuis toujours. On a fait toute notre scolarité ensemble. Avec sa paire d'yeux candides elle est une sorte de fée, qui paraît survoler la terre, même quand elle traîne ses baskets. Depuis qu'elle porte les cheveux courts, les garçons la regardent différemment, comme si en coupant ses longues mèches elle s'était débarrassée de son image d'ado.

– T'as pas peur ? je lui demande pour faire diversion.

Ces temps-ci, j'ai du mal à parler de moi, à exprimer ce que je ressens. Tout, en moi, ressemble à un vaste chantier. Les mots me semblent lourds, comme englués. Par moments, je ne sais plus vraiment qui je suis. Si je ne le sais pas moi-même, comment parviendrais-je à en parler ?

Pour toute réponse, Romane brandit le papier signé par sa mère. Un immense sourire barre son visage.

– C'est pas les miens qui me donneraient ce genre d'autorisation ! je lâche avec une moue désabusée.

Ma remarque est injuste. Mes parents n'ont rien à voir avec ceux, un peu coincés et distants, de certains de mes amis. Ils ne sont pas non plus des copains mais ensemble on discute, on partage, on se dit qu'on s'aime et on est heureux de se retrouver. Si je demandais l'autorisation de me faire faire un tatouage, sans doute s'assureraient-ils que j'ai bien réfléchi, puis finiraient-ils par respecter mon choix.

D'ailleurs, un tatouage, mon père en a un. Sur l'intérieur de l'avant-bras. Deux lignes parallèles qui entourent une série de pointillés de longueurs inégales, que je lui ai toujours vues. Il faudra que je pense à lui demander ce qu'elles signifient. À force de voir les choses, on s'habitue et on ne prend même plus la peine de poser la question.

Je remonte ma manche, observe ma peau vierge. Je n'ai vraiment aucune idée du motif ou des mots que j'aimerais me faire tatouer. Un piercing alors ? Non plus. Ce n'est pas mon truc.

Devant mes yeux défilent les bâtiments prestigieux qui bordent la Garonne. La porte de Bourgogne, la place de la Bourse. Et puis tous ces gens, partout.

Arrivées place des Quinconces, on quitte le tram. Les bruits de la fête foraine voisine inondent l'air, mêlés à des relents trop sucrés de barbe à papa et d'amandes grillées.

– On se prendra une pomme d'amour au retour, propose Romane.

– C'est dégueulasse, je rétorque.

Romane soupire en levant les yeux au ciel, puis me donne un coup de coude au passage d'un garçon.

– Et celui-ci, il est dégueulasse ?

Je ne l'ai pas aperçu de face. Quand je me retourne, je remarque sa silhouette longiligne et sa démarche nonchalante.

– Faut voir.

Romane siffle et le gars se retourne.

Une brusque chaleur envahit mes joues, que j'imagine aussi rouges qu'un touriste allemand au cœur de l'été.

– T'es nulle, je râle.

– Regarde, il te mate.

J'attrape Romane par le bras, l'entraîne vers l'avant.

– C'est comme ça que tu les aimes les chatons, non ? Grands et minces ?

Depuis que je lui ai montré un garçon du lycée qui ne me laisse pas insensible, elle en a fait une généralité. Le garçon en question s'appelle Maximilien. Tout le monde l'appelle évidemment Max. Ce que j'aime, c'est son côté décalé et sûr de lui. Quand ses potes filent surfer, lui attrape un bouquin et s'isole. D'habitude, ce genre de garçon se fait mettre en boîte, lui non. C'est peut-être ça qui me fascine. Qui m'intimide aussi car, à ce jour, malgré les pressions de Romane et ses menaces d'aller lui toucher deux mots, je ne lui ai jamais parlé.

Je réalise alors que, l'année prochaine, Clément intégrera mon lycée et partagera la même cour que la mienne.

– Ça ne te fait pas peur de voir débarquer ton frère l'année prochaine au lycée ? je lance à Romane.

– Alex, et Clément ! insiste-t-elle. À deux, on pourra faire face à ces morveux. Non ?

Tout en échafaudant des plans délirants, on quitte la place des Quinconces pour s'enfoncer dans les rues plus étroites après les allées de Tourny.

La boutique est petite et intime, le tatoueur gros et velu. Je me retiens de rire. Son bandana aux couleurs du drapeau américain lui donne un air de biker. Le contraste est saisissant.

– Laquelle d'entre vous est Romane ?

Je pointe mon amie du doigt, qui tend déjà l'autorisation maternelle.

Ils détaillent ensemble le motif. Une salamandre, qu'elle a trouvée sur une gravure ancienne dans un bouquin d'histoire sur les alchimistes. Romane est ainsi. Un pied dans la réalité. L'autre dans les mystères du passé.

Le tatoueur explique ensuite le déroulement de la séance.

– Tu restes ? me propose-t-il.

Je lâche une grimace qui le fait sourire. Je ne suis pas certaine d'avoir envie d'assister au spectacle de l'aiguille qui va marquer Romane.

– Alors reviens dans une heure. On aura fini.

Romane s'approche, me claque une bise. Je sens qu'elle est un peu nerveuse, même si je sais qu'elle ne le reconnaîtra jamais.

– Amusez-vous bien, je lance en quittant la boutique.

De là, je gagne le grand théâtre, puis m'enfonce dans la rue Sainte-Catherine. Une rue piétonne, rectiligne, sans fin, noyée de badauds et de boutiques dont pas mal avec des prix abordables. Pire que la rue centrale de Lacanau au moment du pic de la saison touristique. C'est dire !

Mon objectif ? Me trouver ici une tenue pour la soirée chez Arnaud, la semaine prochaine. On fête ses dix-sept ans, et puis ceux aussi de Léa, de Manon et de Quentin.

Une fête qui promet d'être un grand moment.

Après presque une heure de shopping, je suis bredouille. J'ai pourtant cherché et essayé un tas de trucs que les vendeuses et vendeurs trouvaient TOP, PARFAIT, IDÉAL, SEXY a même dit un. Mais mon image dans la glace ne m'a pas plu. À croire que faire du commerce consiste simplement à flatter le client.

Tant pis. Ce sera pour une prochaine fois. Et puis mon armoire est pleine des tenues que m'offre mon père, pour lesquelles il ne peut pas s'empêcher de dire que c'est tout de même mieux que ce que font les autres marques.

Ma mère, mon frère et moi y avons droit à chaque fois qu'on ramène une fringue à la maison.

J'abandonne les rues commerçantes pour les ruelles plus étroites, scrute chaque recoin à la recherche d'un graff ou d'un collage. Dès que j'en découvre un, je dégaine mon portable, le prends en photo. J'aime cette ville qui vit, bouge, respire, interpelle, s'écrit et se dessine. J'aime que les façades transpirent, ou bien murmurent, poussent des cris de colère ou s'abandonnent à des instants de poésie. Ces œuvres éphémères disent tellement plus que de longs discours, communiquent des émotions plus fortes que les plus belles des phrases.

À Lacanau, il n'y a aucune chance d'en trouver. Les rues et les murs sont muets.

Quand je retrouve Romane, elle m'attend sur le trottoir. Elle laisse pendre son bras comme s'il était mort.

– C'était dur ?

– Je hais cette aiguille.

Nous éclatons de rire. Puis fonçons vers le tram. En hiver, les cars pour Lacanau sont rares. Il est temps de regagner la gare Saint-Jean.

Alors que nous traversons les allées Tourny, j'aperçois mon père qui grimpe dans une voiture. Je m'élance, l'appelle, lève la main, il ne me voit pas. La voiture quitte son emplacement et prend sa place dans le trafic trop fluide pour que je puisse le rattraper. Elle disparaît au coin de la rue.

– Merde, c'est con, il aurait pu nous ramener à Lacanau.

J'appelle aussitôt sur son portable, qui bascule directement sur sa boîte vocale. Comme il ne l'écoute jamais, je ne laisse pas de message. Il me rappellera quand il verra que j'ai tenté de le joindre.

Quand je pénètre dans la maison, je crois être la première arrivée, jusqu'à ce que j'entende notre mère, à l'étage.

– Où est ta voiture ? je lui demande en grimpant à sa rencontre.

– À la révision. C'est une collègue de la bibliothèque qui m'a ramenée.

Elle est dans la cuisine en train de préparer une quiche.

– Papa rentre à quelle heure ?

– Tu sais bien qu'il est à Nantes jusqu'à mercredi, dit-elle en se tournant vers moi. Comme chaque début de mois.

Oui, c'est vrai, je le sais. Les images de mon père grimpant dans la voiture déboulent alors dans mon esprit. Ai-je pu me tromper ?

– Ça ne va pas ? me demande ma mère, qui remarque mon trouble.

Je ne sais pas quoi répondre. Je cligne plusieurs fois des yeux, comme si je voulais les accoutumer à une soudaine pénombre. Le doute est le plus fort. Alors je biaise.

– J'étais à Bordeaux avec Romane. Elle s'est fait faire un tatouage.

Ma mère lâche aussitôt mon regard, rajuste son tablier de cuisine et se remet à étendre la pâte au rouleau.

– C'est pour ce soir ? je l'interroge en désignant le moule à côté.

– Non. Une collègue part à la retraite demain. J'ai promis de faire une tarte.

Je reste silencieuse. Presque figée. J'ai envie d'appeler Romane pour qu'elle me confirme que je n'ai pas rêvé. Pourtant, plus je repense à ce moment où j'ai aperçu mon père, plus je suis sûre de moi.

– Clément n’est pas là ? je demande pour masquer mon malaise.

– Il dîne chez Noah.

Je proposerais bien à ma mère de sortir manger une pizza, ou bien une douzaine d’huîtres. Il y a longtemps qu’on n’a pas partagé un repas, rien que toutes les deux. Mais j’ai peur qu’elle devine le trouble qui grandit en moi. Alors je renonce.

– Je vais prendre une douche avant de manger.

Ma mère acquiesce en allumant la radio avec son coude.

Tandis que je m’éloigne, je reconnais un morceau qui passait en boucle l’été dernier.

Je m’apprête à me déshabiller quand mon portable vibre. C’est mon père.

– Tu m’as appelé, Nina ?

– Oui… euh… rien d’urgent. On verra à ton retour de Nantes.

Là, j’attends un démenti, une parole qui repoussera les nuages qui s’accumulent dans mon cerveau. Je regrette aussi d’avoir évoqué Nantes, d’avoir tendu un piège à mon père. Je veux raccrocher, mais ses mots sont plus rapides, et me foudroient.

– J’espère que vous avez meilleur temps que moi, dit-il. Car ici, il pleut depuis ce matin. Vous me manquez.

5

Clément cale son vélo sous le porche de la maison d'Alex.

Des voix et de la musique lui parviennent de l'intérieur, mais la plupart des invités semblent rassemblés dans le jardin, de l'autre côté, en dépit du froid. Clément contourne le bâtiment sans prendre la peine d'entrer.

– Hey, Clemi ! s'exclame Noah en l'apercevant. T'as deux verres de retard !

– Il va falloir rattraper ça, sourit Clément en attrapant une bière qui s'entrechoque bientôt avec celle de son ami.

Ils se laissent tomber en travers du hamac. Les derniers lambeaux de nuages orangés s'étirent dans le crépuscule. Clément les suit des yeux. Toute la journée, il a épluché le contenu de la pochette de sa mère dans l'espoir d'entrevoir un indice qui aurait échappé aux policiers. Parce que même s'il ne connaît pas si bien Nina, il a vécu à côté d'elle durant quinze ans. Il a partagé des expériences et des jeux avec elle, il l'a vue grandir, évoluer, se construire une identité. Il a d'elle une connaissance que personne d'autre ne possède. C'est sa force et sa faiblesse. Force, car il est capable de repérer d'emblée la moindre incohérence dans les auditions qu'il a lues. Faiblesse, car il n'accordera peut-être pas assez d'attention à certains détails qu'il prend pour acquis.

Il n'a rien trouvé d'intéressant, à vrai dire. Excepté la confirmation que leur mère, même si elle maintient une apparence combative, a autant laissé tomber les recherches que leur père. Alors qu'il y a encore quelques semaines, elle consultait le dossier plusieurs fois par jour, elle ne s'est toujours pas aperçue qu'il a disparu du secrétaire.

– Pourquoi on fait la fête, déjà ? souffle Noah.

– Pour rien. C'est une fête pour rien. C'est ce qu'a dit Alex. Il est où, d'ailleurs ?

– Parti s'occuper des pizzas.

– Je vais l'aider, décide Clément en se redressant. Ça pèle ici.

– Hey…

Clément s'arrête, se retourne vers Noah. Celui-ci le dévisage, le goulot de sa bouteille de bière appuyé sous les lèvres.

– Ouais ?

– Rien. Juste, je sais que le bla-bla c'est pas ton truc, mais si besoin…

– … t'es là. Je sais, mec. Merci.

– C'est seulement que t'as l'air à l'ouest.

– Bah, comme d'hab, non ?

– T'as raison.

Ils échangent un sourire, puis Clément se lève, marche vers la baie vitrée, se glisse à l'intérieur de la maison.

Comme d'hab ? Pas vraiment. Mais il n'a pas envie d'entraîner Noah dans ses recherches. Comme celui-ci l'a dit hier, c'est son problème, celui de sa famille, celui de sa fratrie devenue boiteuse. Il veut le régler seul. Et surtout, il veut comprendre.

Les canapés du salon sont occupés par une dizaine d'élèves du lycée qu'il salue à la volée avant de se diriger vers la cuisine. Alex et Barbie – Barthélemy, en réalité, bien qu'il n'y ait que ses parents pour ne pas utiliser le surnom qu'il a gagné en laissant pousser ses longs cheveux d'un blond si pâle qu'ils semblent ceux d'un bébé – tentent en effet d'y gérer la cuisson des pizzas, et vu l'aspect flotteux de celle qu'ils sortent du four, ce n'est pas une réussite.

– Comment vous arrivez à rater des pizzas, sérieux ? Le four n'est pas assez chaud. 210 degrés.

– T'es sûr ? s'étonne Barbie.

– C'est marqué sur la boîte !

– Oh…

Barbie obtempère et enfourne à nouveau leur dîner avant de s'éclipser vers le salon en envoyant au passage un coup de poing amical dans l'épaule de Clément. Alex plonge le nez dans le congélateur.

– On envoie quoi ensuite ? Margherita ou quatre-fromages ?

– Alex, est-ce que ta sœur est dans le coin ?

– Pourquoi, elle t'intéresse ?

Clément lève les yeux au ciel. Il connaît Alex. S'il rentre dans son jeu, il se fera charrier chaque fois qu'ils croiseront Romane. Mieux vaut couper court.

– Je veux lui poser une question à propos de Nina.

Blanc. Le sourire d'Alex fond sur son visage.

– Heu, Romane est dans sa chambre.

– Merci.

Clément grimpe jusqu'aux combles par l'escalier en colimaçon. Il sait que la chambre de Romane s'y trouve, parce que Nina l'avait aidée à la repeindre peu avant sa disparition. Clément n'a pas besoin de frapper : à peine atteint-il l'étage qu'une petite porte s'ouvre. Romane se penche dans l'embrasure, assise sur un coussin, son visage d'elfe encadré de courtes mèches blondes.

– Oh, Clément, salut. Il y a un problème ?

– Aucun. Je montais dire bonjour.

– Bonjour alors.

Elle a l'air occupée, la porte n'est pas assez ouverte pour que Clément distingue à quoi. Il hésite. Se lance.

– Tu vas rester perchée ici toute la soirée ?

– Et pourquoi j'aurais envie de descendre ?

Le ton est froid. Le sous-entendu clair. *Pourquoi aurais-je envie de passer du temps avec mon débile de frère et ses débiles de copains ?* Romane préférerait être ailleurs, elle est donc obligée d'être ici.

– Parce que quitte à être punie, autant boire, répond-il avec un sourire en coin.

– Je ne suis pas punie.

– Quoi, tu es restée de ton plein gré avec une bande de gamins insupportables ?

L'agacement de Romane se fissure enfin et son expression s'adoucit.

– J'ai… un accord avec les parents. En échange de ma supervision de la fête d'Alex.

– Je vois. Tu n'es pas punie, tu es de corvée. Je peux te poser une question ?

Elle lui jette un coup d'œil méfiant. Il se sent bête, debout sur la dernière marche, à moitié penché pour éviter la poutre.

– C'est à propos de Nina, précise-t-il en s'asseyant devant elle.

Il bascule en arrière, s'appuie sur ses paumes. Ses doigts nerveux jouent sur les lattes de parquet. Il n'ose pas affronter le regard de Romane. Avant ce soir, ils n'ont jamais parlé de Nina, et Clément devine qu'elle aurait préféré qu'il en reste ainsi. Finalement, elle ouvre la porte en grand, sans pour autant l'inviter à entrer. Il résiste à l'envie de détailler sa chambre.

– Quelle question ? lâche-t-elle.

– Tu as dit aux policiers que rien dans son comportement ne t'avait semblé inhabituel, la semaine avant sa disparition. Mais Nina n'est pas du genre à partir sur un coup de tête. Tu sais comment elle est, toujours à tout prévoir…

– … à trop réfléchir.

– Ouais. Et donc, peut-être que cette semaine-là elle savait déjà qu'elle s'en allait. Peut-être que ça remonte à plus loin.

Romane le dévisage. Elle penche la tête, pensive.

– Franchement, Clément, je ne vois pas. Si elle avait prévu tout ça, elle n'en a rien laissé paraître, à aucun moment.

Il acquiesce, déçu.

– Tu as aussi mentionné un certain Maximilien qui plaisait à Nina. J'ai lu sa déposition, sauf que…

– Elle détesterait que tu fouilles dans sa vie privée, tu sais.

Clément s'apprête à répliquer que dans ce cas, elle n'avait qu'à pas partir, mais il ravale sa colère et marque un temps d'arrêt, frappé par l'évidence.

– Je crois que tu as tort, articule-t-il lentement. Je crois qu'au contraire, ce départ volontaire, c'est comme si Nina nous lançait un défi. Dans sa lettre, elle a essayé de me faire croire que je n'avais aucune chance de le relever, et qu'il valait mieux que je ne m'en préoccupe pas. Pourtant, elle l'a envoyée, cette putain de lettre. Elle a insisté sur le fait que c'était *sa* décision. Donc, elle avait des raisons pour agir de cette manière. Je suis persuadé qu'au fond, elle veut qu'on cherche à comprendre. À la comprendre. Le truc, c'est que sans son journal, c'est mission impossible. J'ai l'impression qu'elle ne se confiait à personne. Même pas à toi. Je me trompe ?

– Non, admet Romane d'un air triste. Je ne m'en rendais pas compte à l'époque. C'est toujours moi qui racontais ma vie, mes histoires… (Elle relève la tête, et ses yeux clairs se fichent dans ceux de Clément.) Tu peux être sûr d'une chose. Si Nina ne voulait pas que toi ou les flics retrouviez ce carnet, vous ne le retrouverez pas.

Elle a raison, bien sûr.

– Si elle est partie… murmure-t-il. Si elle n'a pas… Enfin tu vois. À ton avis, où est-elle allée ?

– Elle était excitée à l'idée d'aller faire ses études à Bordeaux, elle adorait cette ville.

– Notre père y travaille, elle n'aurait pas pris le risque de tomber sur lui par hasard au coin d'une rue. Non, elle a dû choisir un endroit où elle pouvait se fondre dans la masse.

– Je vois deux options, alors. Paris, ou l'Espagne. Peut-être Barcelone ?

L'Espagne… Clément fronce les sourcils. Pourquoi l'idée est-elle si familière ? Est-ce que… Oui, l'an dernier, à l'anniversaire de leur père, Nina a parlé de retourner là-bas. Pourtant, c'est justement parce qu'elle en a parlé qu'il lui semble peu probable qu'elle ait passé la frontière.

– Clément, tu as sa lettre ? Je n'ai jamais eu l'occasion de la lire…

– Je l'apporterai au lycée lundi.

– Merci. Je suis désolée de t'avoir accueilli comme ça quand tu es monté. C'est juste qu'à chaque fois que je te vois, je pense à Nina, et…

Son regard se fait lointain.

– T'inquiète. S'il y a bien quelqu'un qui peut comprendre ce que ça fait, c'est moi. (Ils échangent un sourire.) Qu'est-ce que tu as extorqué à tes parents en échange de ta présence ici ce soir ?

– Extorqué. Tu connais ce mot, toi ? Merde, t'as vraiment grandi.

– Ce n'est pas comme si on avait déjà parlé…

– Ce n'est pas comme si tu étais bavard.

– Alors, tes parents ? insiste-t-il.

– Ils m'ont promis une voiture pour mes dix-huit ans, mi-mars, si je les aide à la maison. J'ai fait la conduite accompagnée, alors je devrais passer le permis dans la foulée. La liberté, quoi !

Clément émet un petit sifflement. Il lève sa bouteille de bière et la fait tinter contre la bague que Romane porte au pouce gauche.

– À ta liberté, lance-t-il avant de boire une longue gorgée.

Romane le fixe d'un regard nouveau, qu'il soutient sans ciller.

– T'es sûre que tu ne veux pas descendre boire une bière ? ose-t-il après quelques secondes.

– Oh et puis merde. Je n'ai jamais dit non à une fête, je ne vais pas commencer aujourd'hui, même si mon crétin de frangin l'organise. Je te suis !

6

De mon lit, j'écoute au loin le ronronnement de la voiture de ma mère qui s'éloigne, puis disparaît. La maison est déserte puisque Clément a dormi chez un copain et s'est directement rendu au collège, et que mon père…

Cette pensée m'arrache une grimace. C'est comme si une main m'empoignait l'estomac et serrait sans pitié.

De longues minutes, je reste allongée à observer le plafond. J'aimerais tant trouver un signe, ou du moins une indication qui éclaire enfin la situation.

J'ai passé une partie de la nuit à échafauder des hypothèses un peu dingues, à tenter de me convaincre que j'avais mal interprété ce que j'ai vu et entendu. En vain.

Les faits sont clairs. Mon père est ou était à Bordeaux, alors qu'il prétendait dans le même temps se trouver à Nantes. Bordeaux-Nantes : 350 km. J'ai vérifié sur Internet. Trois heures vingt de route. Entre le moment où je l'ai vu à Bordeaux et celui où il m'a appelée de Nantes, il a très bien pu faire la route. Mais il y a cette phrase qui tourne en boucle dans mon esprit, tel un manège fou : *J'espère que vous avez meilleur temps que moi. Car ici, il pleut depuis ce matin*. Depuis ce matin.

Si au moins il avait plu par intermittence à Bordeaux, j'aurais pu croire qu'il avait confondu les deux villes. Le problème, c'est qu'à Bordeaux il y avait un soleil radieux. Et puis il y a cette photo de fresque, reçue sur mon téléphone, qui représente quatre éléphants multicolores peints sur fond de paysage urbain. Avec comme message cette légende : *Photo prise à l'île de Nantes. Elle ne te rappelle rien cette famille ?* Suivie d'un smiley qui m'adresse un clin d'œil. Je n'ai pas répondu à mon père.

D'un bond, je me lève. Le parquet sous mes pieds est froid. J'attrape mon portable, l'allume, le connecte au Wifi et lance l'application météo. Il ne me faut pas plus de quelques secondes pour trouver le temps qu'il faisait hier à Nantes.

Pluie. Absence d'éclaircies.

Je reçois cette nouvelle comme un nouveau coup dur. J'ai soudain l'impression de manquer d'air. J'ôte le large tee-shirt Snoopy qui me sert de chemise de nuit, fonce sous la douche. Je confie à l'eau brûlante le soin d'emmener au loin mes pensées les plus noires, comme elle le ferait avec une fine couche de boue ou de poussière. Mais elles continuent à marteler sans relâche mon esprit.

Et puis il y a ces mots qui me cinglent. *Vous me manquez tant*. Qu'il m'a dits juste après m'avoir menti en affirmant qu'il était à Nantes. Je repense à ses discours sur la transparence et la vérité. Un discours creux, qui s'apparente de plus en plus à une bouillie informe.

– Tu penses trop, me répète sans arrêt Romane.

C'est vrai. Très vrai. C'est plus fort que moi. Je ne peux pas m'empêcher d'imaginer des dizaines de scénarios, tous plus fous les uns que les autres, dès que quelque chose me préoccupe.

J'envie ceux qui parviennent à se déconnecter du présent, du passé et du futur. Ceux capables de vivre la seconde en cours pour ce qu'elle est. Pas plus.

Je pourrais rester des heures à les observer, à me demander comment ils parviennent à maintenir cette paix et cet équilibre intérieurs. Ils paraissent si sereins. Cette attitude donne un air terriblement sexy aux garçons.

Cette pensée me tire un sourire.

Est-ce leur regard ? Les ondes qu'ils dégagent ? Je ne sais pas. En tout cas, je le sens. Et ça tranche avec moi qui réfléchis trop. Oh, ça ne fait pas de moi quelqu'un de torturé. C'est juste que je me pose toujours beaucoup de questions.

Donc, quand je me rends compte que notre père déclare être à Nantes alors qu'il circule à Bordeaux, et qu'il a forgé son mensonge au point de s'enquérir de la météo qu'il fait dans la ville où il ne se trouve pas, forcément, les questions affluent comme les touristes sur les étals des glaciers en pleine canicule. Tous prêts à se piétiner, alors qu'ils sont en vacances et en mode disponible.

Je profite du shampooing pour me masser longuement la tête.

Il aurait mieux valu que je ne voie pas notre père, qu'il ne me parle pas de la météo. Ainsi, j'aurais continué ma vie comme avant. Simplement me préparer pour aller en cours. Simplement râler contre la prof de français qui va nous saouler avec ses analyses de texte où elle ne peut s'empêcher de donner des sens cachés aux mots et aux phrases des auteurs qu'elle nous fait étudier. Peut-être suis-je comme elle.

Je sors de la douche, m'habille sans attendre.

Je traverse le couloir, m'arrête au seuil de la chambre des parents. Fouiller devient la solution, ou tout du moins un besoin, puisque je n'ai pas accès au téléphone portable de mon père qu'il garde toujours avec lui. Besoin de savoir. De comprendre. Ou de dissiper le malentendu.

Le plus simple serait de l'appeler. De lui poser la question. Mais il a menti une fois, et je sens que cela a cassé quelque chose. Je fais un pas en avant en direction du lit, me revois petite, cherchant une place entre eux pour un long câlin.

Que fais-je ici ? Je tente de me persuader que j'agis pour le bien de la famille. Pourtant je manque d'arguments pour excuser, ou tout du moins, justifier mes agissements.

Que vais-je découvrir ?

Je tire sur un tiroir de la commode. Le referme aussitôt. Comment pourrais-je glisser mes mains parmi les sous-vêtements et les chaussettes de mon père ?

Le sang me monte aux joues. J'ai soudain très chaud, me demande si je ne vais pas me sentir mal. Je m'apprête à abandonner quand je pense à ses vestes et ses blousons. Faire les poches. Juste les poches. J'ai l'impression que l'intrusion sera moins abusive. Moins inacceptable.

Avec une certaine appréhension et une coupable retenue, je fouille ses vêtements. D'abord les poches intérieures, puis celles extérieures. La droite, puis la gauche. Passe au blouson suivant en respectant le même ordre.

Là un mouchoir en papier. Là un ticket du parking Bordeaux-gare. Une pastille. Un chewing-gum. La carte de visite d'un collègue du service fabrication. Un peu de monnaie. Quatre blousons. Cinq vestes. Rien qui puisse dissiper le brouillard dans lequel je me perds.

Je m'assois sur le bord du lit. Qu'espérais-je trouver ?

Je regarde l'heure au réveil. 8 h 45.

Comment le temps a-t-il pu filer si vite depuis le départ de maman vers 8 heures ? Je me repasse le film. Le questionnement. La douche. La fouille. Autant de fragiles bulles qui éclatent maintenant. Preuve supplémentaire, s'il en est besoin, que la réalité n'est plus la même.

Si je ne veux pas être en retard, il ne faut pas que je traîne.

Je zappe le petit-déjeuner. Avec la sensation d'avoir oublié un tas de trucs, j'attrape mon sac.

Je dévale le chemin, gagne le croisement qui sert de lieu de rendez-vous. Romane et sa mère m'attendent déjà.

Je grimpe à l'arrière de la voiture, lâche quelques mots d'excuse.

– Moi c'est pareil, dit Romane sans se retourner, je serais bien restée au lit.

– Ne vous plaignez pas, les filles, vous commencez à dix heures. Ça pourrait être pire.

– Tu veux des crêpes ? me propose Romane en me tendant une assiette en carton recouverte de papier aluminium.

– Si elle ne mange pas une petite douceur dans la voiture le lundi matin, elle déprime toute la semaine, commente sa mère. Qu'est-ce que je devrais dire, moi, qui vais devoir supporter des mines comme les vôtres ?

La mère de Romane est prof dans notre lycée. Elle y enseigne l'anglais. Et le lundi matin, elle n'a pas cours.

L'établissement est situé à une quarantaine de kilomètres de Lacanau. À Andernos-les-Bains très exactement, au bord du bassin d'Arcachon.

Une crêpe à la main, je regarde les pins défiler de part et d'autre de la route. Des pins, des pins, des pins. Ce matin, ces immenses troncs verticaux ressemblent aux barreaux d'une prison. Mais à mesure que l'on s'éloigne de Lacanau, le poids qui m'oppresse a tendance à s'alléger. Les pins redeviennent pins, forment une sorte de quadrillage rassurant.

– Ça va pas ? me demande Romane que je n'ai même pas vue se retourner.

Je n'ai pas dit un mot depuis que je me suis assise, ni mordu dans la crêpe que je tiens à la main.

– Un truc que j'ai pas digéré, sans doute.

– Ne te force pas, jette-la, me dit la mère de Romane en cherchant mon regard dans le rétroviseur.

Je lui adresse un sourire gêné, ouvre la fenêtre, balance la crêpe dans le fossé, imagine les bestioles et les insectes qui se jetteront dessus, curieux de ce nouveau goût qu'ils ne retrouveront jamais. Cette sensation de définitif me tord l'estomac. Définitif. Ce mot m'effraye, alors qu'une image furtive de mon père, souriant, me traverse l'esprit. Qu'y a-t-il de définitif dans ce qui est en train de se tramer ? Est-ce moi qui psychote, ou bien s'agit-il d'une prémonition ?

Je repense au tatouage de Romane. Lui aussi est définitif.

– Tu n'as pas trop mal ? je lui demande en désignant son bras.

Mère et fille échangent leurs impressions et leurs avis. Une longue discussion que je n'écoute pas. Une sorte de brouhaha lointain, alors que la peur met en lambeaux mes pensées, tel un chien hargneux jetant son dévolu sur un coussin qu'il voudrait déchiqueter.

Tandis que nous approchons du lycée, le décor des rues me semble différent. Comme celui des pins un peu plus tôt. Je dois à tout prix comprendre ce qu'il se passe.

Je vais appeler son entreprise. Là, je saurai avec certitude où il se trouve vraiment.

L'instant d'après, je me dis que c'est sa vie, que je n'ai pas le droit de m'en mêler. Aussitôt, je corrige. Ça *aurait* pu être sa vie. Mais il m'a menti. Alors je suis *aussi* concernée.

Je lui en veux de ce mensonge, de m'avoir entraînée là-dedans.

– Je vous dépose ici.

À peine dehors, je laisse Romane filer devant.

– Je te rejoins direct en cours. Un coup de fil à passer.

Tout en composant le numéro, j'adresse un petit signe à Léa qui est dans ma classe, ainsi qu'à Quentin qui l'enlace. Cela fait deux mois qu'ils sont ensemble et rien ne semble pouvoir obscurcir leur horizon.

Quand la standardiste décroche, je me racle la gorge, prends un ton assuré.

– Bonjour, j'ai un document à remettre en main propre à monsieur Varbey. Pouvez-vous me dire s'il est là cette semaine ? Je voudrais m'en assurer avant de me déplacer.

– Attendez, je consulte son agenda.

Je l'entends cliquer sur sa souris. Le temps semble s'être arrêté. J'ai envie de raccrocher, mais je sais aussi que cela ne résoudra rien. Il est trop tard pour reculer.

Je me force à respirer.

– Ne quittez pas, je mets un appel en attente.

La sonnerie de début des cours retentit.

Ceux qui sont encore dehors gagnent l'intérieur.

Je m'appuie contre le tronc d'un arbre. Malgré ma doudoune, je sens l'écorce dure et rugueuse sur mon épaule.

La musique d'attente est insupportable, avec son message en français puis en anglais qui m'arrache les oreilles et le cœur. *La transparence avant tout. Soutenir le développement durable tout en achetant des vêtements tendance, c'est désormais possible.* Je me demande un moment si l'assistante ne m'a pas oubliée.

– Merci d'avoir patienté. Alors, Olivier Varbey, voyons. Il est là toute la semaine, mais il a pas mal de rendez-vous sur Bordeaux et aux alentours. Le mieux est que je vous le passe pour convenir avec lui…

D'une pression du doigt je raccroche. Je me demande si je ne vais pas vomir.

Que nous arrive-t-il ?

7

Huit heures moins cinq.

Clément dépose une bise sur la joue de sa mère, claque la portière et pénètre dans la cour du lycée. Il cherche Romane des yeux. Ne la trouve pas. Alors que la sonnerie résonne, il se résout à rejoindre sa classe en cours d'histoire et s'assied à sa place près de la fenêtre, à côté de Noah.

– Remis de la fête chez Alex ? lui glisse celui-ci avec un coup d'œil entendu.

Clément a terminé la soirée la tête dans la cuvette, à vomir ses trop nombreuses bières, et s'est réveillé dimanche matin sur le canapé d'Alex avec une gueule de bois qui le lance encore. C'est devenu si habituel ces derniers temps que personne ne s'en étonne. Pour ses potes, il est ce fêtard taiseux qui attire le regard des filles et se laisse moquer en souriant sans jamais en vouloir à quiconque.

Ce n'est pas entièrement faux.

Ce n'est pas entièrement vrai non plus.

Il se met des mines pour oublier les tensions à la maison, évite de s'embrouiller même lorsqu'il se sent blessé car il n'a pas le courage d'assombrir l'ambiance avec ses potes aussi, et il parle peu de peur que les autres ne comprennent pas ce qu'il vit. Quant aux filles, qui sait ce qui les attire ? Son allure de surfeur ? L'aura de drame qui lui colle à la peau depuis la disparition de Nina ? Clément, lui, n'est attiré par aucune. Enfin, si elles étaient entreprenantes, il se laisserait faire, il n'est pas tout à fait indifférent non plus… Mais ce n'est pas le cas. Elles se contentent de le regarder de loin et de pouffer sur son passage. Elles ont raison de garder leur distance. Il y a en lui un désordre inquiétant qu'il ne parvient à repousser que lorsqu'il s'élance à l'assaut des vagues.

Les deux heures d'histoire sont interminables. Clément n'essaye même pas d'écouter, conscient que ses pensées sont attirées ailleurs. Il a réfléchi à ce que lui a dit Romane samedi. Il est de plus en plus persuadé que si Nina est encore en vie, elle a laissé quelque part des indices sur sa destination, au moins pour lui, et qu'en envoyant cette lettre le jour de son départ, elle lui a offert une clé qu'il n'a pas encore réussi à décrypter.

La sonnerie retentit. Clément remballe à toute allure ses affaires. Noah lui jette un regard intrigué tandis qu'il s'éclipse à la recherche de Romane. Il la découvre dans un recoin de la cour avec ses amis – les amis de Nina –, lui fait signe. Elle le rejoint.

– Tu as la lettre ?

Il la lui tend et observe ses réactions tandis qu'elle la lit. Un minuscule pli apparaît entre les sourcils de Romane. Elle écarte légèrement la feuille sans cesser de la détailler.

– Ça a un rapport avec ta famille, lâche-t-elle enfin en relevant la tête.

– Comment ça ?

– La raison de son départ. Tout pointe vers votre famille. Regarde ce qu'elle a écrit : *je suis ta sœur, tu es mon frère.* Bla-bla-bla… *Nous n'y sommes sans doute pour rien. Ni l'un, ni l'autre.* Et plus loin : *Tu n'as rien à voir là-dedans.* Toi, son frère, tu n'as rien à voir dans sa décision, tu n'y es pour rien, mais étant donné comment c'est formulé, elle suggère que quelqu'un d'autre est la cause de son départ. Je suis bien placée pour savoir qu'elle n'avait aucun problème au lycée ou dans notre groupe d'amis. Donc…

– Nos parents.

– Ça paraît logique, non ?

Il récupère la lettre et la relit à la lumière de cette hypothèse. Les mots de sa sœur résonnent d'un sens nouveau. Comment ne l'a-t-il pas remarqué ? Maintenant que Romane a pointé que chaque phrase évoque la famille, cela lui semble évident.

Sauf que jusqu'au départ de Nina, ils formaient une famille on ne peut plus normale. Des parents, deux enfants – une fille, un garçon, presque un cliché –, une jolie maison bien tenue, une balançoire dans le jardin, une vie commune heureuse, avec ses inévitables disputes, mais sans crise majeure, leurs parents les ayant toujours encouragé au dialogue. Bref. Il ne comprend vraiment pas ce qui pourrait avoir poussé Nina à couper les ponts aussi violemment. Au contraire de lui qui s'éclipse dès qu'il entrevoit un conflit, elle est du genre à mettre les pieds dans le plat pour tout discuter et disséquer, y compris lorsqu'elle n'est pas d'accord. Si elle avait ressenti le moindre malaise, elle en aurait parlé, non ? Ce silence brutal ne lui ressemble pas.

– Clément ?

Des dizaines d'élèves convergent vers les portes, signe que la fin de la pause a sonné sans qu'il l'entende.

– Pardon. Je… je vais fouiller chez moi, chercher une explication.

– OK. Tu veux bien me tenir au courant ?

Clément acquiesce sans enthousiasme – si le départ de Nina prend racine au cœur de sa famille, il imagine mal impliquer Romane. Ils filent chacun de leur côté pour rejoindre leurs classes respectives.

Durant toute la journée, Clément se creuse la tête à la recherche d'une piste crédible, en vain. Il a repassé tant de fois dans son esprit le film des dernières semaines avec Nina qu'il n'est plus tout à fait sûr de pouvoir se fier à ses souvenirs. N'a-t-il pas inventé des éléments, à force ? Ce geste, ce regard, cette crispation des épaules, cette parole… Nina s'est-elle montrée plus froide qu'à l'accoutumée avec leur père dont elle était si proche ? A-t-elle rembarré leur mère plus souvent ? Il ne sait plus.

Une fois encore, il doit évacuer ses certitudes, se laver de ce qu'il croit vrai, et envisager chaque possibilité avec un regard neuf.

Quand le père de Noah le dépose devant chez lui en fin d'après-midi, la maison est vide. Sa mère travaille à la bibliothèque jusqu'à dix-neuf heures, et son père est en déplacement à Nantes, comme à chaque début de mois.

La voie est libre.

Clément abandonne son sac dans l'entrée, grimpe à l'étage, enfile le couloir. Il pousse la porte de la chambre parentale et s'arrête un instant sur le seuil. Tout est propre et rangé avec une attention qui confine à l'obsession. Il s'approche du secrétaire et examine le contenu des tiroirs. Quelques lettres échangées entre sa mère et sa tante, de vieilles cartes de vœux, des cahiers aux pages encore vierges, des stylos… Rien de notable.

Qu'a découvert Nina ?

Leur mère a-t-elle été à ce point dévastée par sa disparition parce qu'elle en connaissait les raisons et se sentait coupable ?

Ou bien est-ce leur père qui a quelque chose à se reprocher ? Lui si pressé de tourner la page ?

Et si tous les deux dissimulaient la vérité ?

Non, c'est peu probable, les auditions par la police qui figurent dans le dossier rouge le lui auraient appris.

Clément se fige. Le dossier. Les auditions. Celle de leur mère s'y trouvait – uniquement la première, d'ailleurs, alors qu'il se souvient de plusieurs convocations. En revanche, il n'y en avait aucune de leur père. Pourquoi une telle omission, alors qu'elle y a consigné le moindre document en lien avec l'affaire ?

Un malaise rampant au fond du ventre, Clément referme le secrétaire, dévale l'escalier, et pénètre dans le bureau de son père.

La pièce est un étrange mélange de vieux bois et de mobilier moderne. Rien n'est assorti. Pourtant, l'ensemble dégage une atmosphère chaleureuse. Clément reconnaît le vieux longboard de son père, suspendu à l'envers au plafond. Par terre, des cartons débordent d'échantillons de fringues et de magazines affichant des vagues mythiques, des corps féminins saupoudrés de soleil, des sourires étincelants. C'est fou comme cet endroit est l'exact opposé de la chambre à coucher aseptisée de leurs parents.

Le bureau lui-même est encombré d'un tas de documents pleins de colonnes et de chiffres, devant l'écran plat d'un ordinateur. Clément reconnaît le stylo argenté qu'ils ont offert à leur père l'an dernier, posé sur son étui. Il l'a exposé là mais ne s'en est jamais servi sous prétexte qu'il craint de le perdre. Ou est-ce parce qu'il lui rappelle trop Nina ?

Clément s'assied dans le fauteuil de cuir brun. L'ordinateur est protégé par un code qu'il a tenté de craquer à plusieurs reprises, à l'époque pas si lointaine où sa mère cherchait à limiter le temps qu'il passe sur Internet – elle a laissé tomber depuis le drame. Clément avait droit à une heure par jour et, une fois cette heure écoulée, lorsque son père était absent, il venait ici dans l'espoir de grappiller un peu de rab. Il n'a jamais réussi à accéder au navigateur.

Clément se penche vers les deux gros tiroirs. L'un est plein à craquer de feuilles, de pochettes et de classeurs qu'il explore. Uniquement des documents de travail, des factures, des suivis de commande… Il n'y comprend rien. Mais lorsqu'il tombe sur un dossier intitulé « PERSO », il fait un effort, tente de décrypter les informations alignées sur les pages.

Il s'agit clairement de factures personnelles. Certaines sont récentes, comme celle de sa montre flambant neuve. Clément remonte dans les dates. Il s'arrête sur la facture de l'ordinateur portable de Nina.

L'ordinateur que Nina a méticuleusement réduit en charpie juste avant de partir, comme s'il s'agissait d'un message personnel.

Clément extrait la feuille, l'examine. Fronce les sourcils. Pourquoi cette facture indique-t-elle la vente de deux exemplaires ? Les numéros de série des machines diffèrent. Leur père a acheté… deux ordinateurs portables identiques pour Noël ? Ainsi que deux étuis et deux souris ? Pour qui ? Ça ne peut pas être le sien, qui est bien plus récent et d'une autre marque. Clément n'a jamais vu ce deuxième appareil à la maison, et il imagine mal leur père se balader au bureau avec un étui à fleurs fluo comme celui de Nina. Bizarre.

Il continue d'éplucher la pile de factures, les déchiffrant de plus en plus facilement à mesure qu'il avance. Il découvre tout un tas d'objets inconnus. Une cafetière à expresso. Un bracelet en or – leur mère n'en porte jamais, elle déteste les bracelets. Une X-Box – depuis le temps qu'il supplie les parents de lui acheter une console… Une lampe design inconnue. Un réfrigérateur, datant d'il y a trois ans, et qui n'est pas de la même marque que le leur, constate-t-il en allant vérifier dans la cuisine. Clément repose les papiers. Où sont passés ces objets ? Au bureau de son père ? Et le bracelet, alors ? Et la console ?

Pris d'un vertige, Clément saisit les classeurs avec les documents de travail qu'il avait écartés.

Ils ne lui paraissent plus si obscurs à présent qu'il comprend l'organisation des informations sur les pages.

Ils contiennent les bons de commande des clients de leur père – des magasins de vêtements ou de surf. Beaucoup sont situés à Bordeaux même ou autour de Lacanau. Les noms des magasins et des localités défilent, familiers. Quelque chose le dérange, sans qu'il parvienne à mettre le doigt dessus.

Il est remonté de plus d'un an dans les bons de commande lorsqu'il comprend ce qui cloche.

Nantes n'est mentionné nulle part.

Or d'aussi loin qu'il s'en souvienne, leur père se rend à Nantes chaque première semaine du mois visiter des clients. Range-t-il ces documents dans un dossier à part ?

Clément détaille le contenu de chaque classeur, en vain. Il ne trouve trace d'aucune localité dont le code postal commence par 44.

Son malaise ne cesse de croître. Que fait leur père à Nantes, une semaine par mois, depuis toutes ces années ? Apparemment pas du commerce…

Le souffle coincé dans la gorge, Clément range les dossiers.

Le tiroir du dessous déborde de matériel électronique obsolète, de chargeurs en tous genres et de vieux téléphones. Clément en déniche un qui contient encore une carte SIM. C'est une antiquité à clapet avec des touches à moitié enfoncées. Il l'allume. L'écran monochrome délivre bientôt une lueur bleutée.

Clément consulte les SMS. Vide. Tout a été effacé. Déçu, il fouille les autres sections de l'appareil. Il découvre de nombreux noms inconnus dans les contacts, probablement des clients de son père. Alors qu'il repose le téléphone inutile, il repère la ventouse d'un GPS, tire dessus.

Son cœur bondit dans sa poitrine.

L'appareil entier est là – son père ne s'en sert plus depuis que sa société lui a confié une voiture avec un système de navigation intégré mais, auparavant, il l'allumait dès qu'il démarrait, même sur les trajets familiers, afin de voir l'état du trafic et éviter les bouchons. La machine a peut-être enregistré ses déplacements… Clément fourrage dans les câbles jusqu'à trouver le bon chargeur et le branche. Le GPS s'illumine dans un accord de synthé.

Il fait défiler les adresses récentes. Toutes sont situées dans le Bordelais ou les Landes – il reconnaît celle des locaux de l'entreprise pour laquelle travaille son père. Là encore, Nantes n'apparaît nulle part.

Sur combien de temps s'étalent ces trajets enregistrés ? Impossible à dire. L'historique de navigation ne comporte aucune date. Et surtout, il n'indique que les trajets pour lesquels son père a rentré une destination, pas ceux où il a simplement allumé l'appareil pour voir l'état du trafic.

Craignant que sa mère ne le surprenne ici, Clément emporte le GPS dans sa chambre. Il se connecte à Google et recherche des astuces pour récupérer le détail de l'historique des déplacements sur ce modèle. Au bout d'une demi-heure, il déniche une solution prometteuse sur un obscur forum. Il s'empresse de la mettre en pratique.

– Clément ?

Il descend saluer sa mère pour qu'elle ne le dérange pas. Remonte aussi sec.

Une heure d'efforts et de nombreuses tentatives plus tard, Clément parvient enfin à télécharger les données du GPS sur son ordinateur et à les convertir dans un format lisible. Il obtient une liste des coordonnées des lieux où s'est trouvé son père, mentionnant les jours et les heures correspondants. Les plus récents datent d'il y a un an et demi, lorsqu'il a changé de voiture.

24/11, 25/11, 27/11…

Clément les fait défiler jusqu'à début décembre. Il se souvient de cette semaine durant laquelle leur mère et Nina avaient profité de l'absence de leur père pour faire les courses de Noël. Il les avait accompagnées en traînant les pieds. Nina voulait se rendre dans les magasins bordelais, mais leur mère avait refusé, prétextant qu'il fallait faire vivre les commerçants locaux. Et pendant ce temps, leur père était…

Clément descend dans la longue liste des parcours enregistrés par le GPS cette semaine-là.

Au fond de son ventre, son estomac se change peu à peu en plomb tandis que toute couleur déserte son visage. Il referme l'ordinateur. Les violentes gueules de bois qu'il s'est infligées cette année ne sont rien face à l'atroce sensation d'arrachement qu'il ressent à cet instant.

Son père n'était *pas* à Nantes. Il était à Bordeaux.

Pourquoi n'est-il pas rentré dormir à la maison, s'il se trouvait si près ?

8

Je laisse mon regard errer sur la façade en pierre de taille du bâtiment qui abrite les bureaux de l'entreprise de notre père, puis le ramène sur la porte vitrée. Je me suis installée dans un bar, juste en face, à une table un peu en retrait pour me dissimuler, au cas où il lui viendrait l'idée de regarder par la fenêtre. D'ici, je ne pourrai pas manquer son passage. Un peu plus tôt, j'ai commandé un café que je bois par minuscules gorgées pour le faire durer.

– Il vous faut autre chose ? me demande le serveur qui trouve sans doute que je traîne trop pour terminer ma consommation.

Les tables voisines ont déjà vu défiler chacune plusieurs fournées de clients.

– Euh… je veux bien un verre d'eau s'il vous plaît.

Avant qu'il ne râle ou lève les yeux au ciel, je lui sers un sourire. Dans l'instant, il s'adoucit. C'est fou ce pouvoir qu'on a, nous, les filles, avec ces petits coqs qui, au premier signe d'intérêt, se sentent flattés dans leur virilité.

Moins d'une minute plus tard, il revient avec un verre, le dépose sur la table.

– Si vous avez besoin d'autre chose, mademoiselle, n'hésitez pas à me faire signe, annonce-t-il d'une voix enjouée.

Je lève les yeux sur lui, le soupçonne d'avoir vérifié sa coiffure dans le grand miroir qui orne tout un pan de mur, avant de revenir.

En d'autres circonstances, il me donnerait envie de rire.

Je lâche un simple merci. Cela a l'air de lui suffire, puisqu'il repart en sifflotant.

Je bois une gorgée, réalise que j'ai déjà envie d'aller aux toilettes, alors je repose le verre. Je ne peux pas courir le risque de m'absenter, même une minute.

Si mon père quittait son bureau à ce moment-là ? Des occasions comme celle-ci, je ne pourrai pas en créer tous les jours.

J'ai pris ma décision la nuit dernière, alors que je me remémorais pour la centième fois les mots de la standardiste de la boîte de mon père.

« Il est là toute la semaine, mais il a pas mal de rendez-vous sur Bordeaux et aux alentours. »

Des heures, cette phrase a tourné en boucle dans mon esprit, m'empêchant de trouver le sommeil. J'ai fouillé tous mes souvenirs concernant mon père. Rien dans son comportement n'indique qu'il nous cache quelque chose. J'ai traqué l'indice, le plus infime. Un changement d'attitude. Une distance nouvelle. Je n'ai rien trouvé.

Alors je me suis dit que je devais en avoir le cœur net. Le voir. Juste le voir. Pour être certaine. Certaine qu'il est à Bordeaux alors qu'il prétend travailler à Nantes.

Vais-je m'arranger pour qu'il me voie ? Ou bien simplement me contenter d'avoir une confirmation de son mensonge ? Je ne sais pas encore.

Ce matin, j'ai prétexté me sentir pas très bien. Puis, une fois ma mère et Clément partis, je me suis habillée et j'ai foncé pour attraper le car de Bordeaux.

Romane m'a déjà envoyé une douzaine de textos. Pour prendre de mes nouvelles. Pour me dire que j'ai bien intuité de louper le contrôle de maths car il était infaisable. Pour me chambrer au sujet de Maximilien.

> Toi souffrante ? Ton absence rend Max encore plus ténébreux. Tu adorerais

Romane est à part.

Trois mots pour la définir ?

Dingue, belle, fidèle.

Trois mots qui ne doivent pas prêter à confusion, car s'il y a une chose dont je suis certaine, c'est que j'aime les garçons. Je me souviens d'une fois où une nouvelle au collège, nous voyant toujours collées, Romane et moi, nous avait demandé si nous étions ensemble.

– Non, mais on s'aime, avait répondu Romane du tac au tac.

Peut-être aurais-je dû parler de mon père avec elle. Mais de quel droit aurais-je pu émettre des doutes le concernant, ne sachant pas de quoi il retourne ?

Quelques mots suffiraient pour que change le regard de Romane sur lui. Alors je n'ai pas d'autre choix que me taire. Tant que je n'ai pas de certitudes.

Une voiture jaune de la Poste vient de s'arrêter devant le bâtiment. Le facteur sort un sac de l'arrière de son véhicule, qu'il porte à l'intérieur. Plus tard, c'est un coursier qui entre.

Plus on s'approche de midi, plus les allées et venues sont nombreuses. Mais pas la moindre trace de mon père.

De petits groupes quittent les bureaux. Je reconnais Sandrine *Jesaisplusquoi*, qui est venue une fois à la maison. Un dossier à terminer, ou quelque chose du genre.

Dès qu'un nouveau groupe franchit la porte, mon cœur tambourine un peu plus fort et ma respiration s'accélère.

À ce rythme, je vais flancher avant de le voir apparaître. Je crois n'avoir jamais ressenti des émotions aussi intenses. Une sorte de magma informe qui recouvre toutes mes pensées.

Quand il paraît enfin sur le trottoir, c'est comme une éruption qui emporte tout. J'attendais qu'il se montre, et pourtant je refuse cette vision. J'ai envie de lui hurler qu'il ne doit pas être là, que ce n'est pas lui, qu'il n'a pas le droit. J'entends encore sa voix se plaindre de la météo nantaise. Elle est comme une vague qui me fauche et m'engloutit. Je suis presque K.-O.

Un instant, il observe le ciel en ajustant son écharpe, puis file à droite quand tous ses collègues ont pris à gauche en sortant. Il est seul.

Que faire ?

Me contenter de cette confirmation qu'il n'est pas là où il affirme être et qu'il est un menteur ? Ou bien le rattraper pour exiger une explication et tenter d'en apprendre plus ?

Je vacille. Cet homme qui marche sur le trottoir ressemble de moins en moins à mon père.

Un brouillard envahit ma vie, l'obscurcit, enveloppe toutes mes certitudes. Je ne parviens plus à faire la part des choses entre la réalité et mes fantasmes. Entre cette évidence, là, devant mes yeux, et mes souvenirs heureux et insouciants au sein de cette famille que je jugeais idéale.

Je ne dispose que de quelques secondes pour me décider. J'ai soudain l'impression de jouer ma vie sur un coup de dés. Ça me ressemble si peu. Il me faudrait du temps. Pour réfléchir. Demander conseil. Que ferait Romane ?

Mais il est trop tard. Bientôt, mon père aura disparu au coin de la rue. Si je dois entreprendre quelque chose, c'est maintenant. Ou jamais.

Je laisse l'instinct me guider, attrape mon manteau sur la chaise, l'enfile. Je pose trois euros sur la table, me demande affolée si c'est suffisant. Il ne manquerait plus que le barman me poursuive dans la rue.

Je pousse la porte.

– Au revoir mademoiselle. Bonne journée.

Je bredouille un merci, évite de croiser son regard. Il va me prendre pour une folle mais je m'en fous. Une centaine de mètres devant moi, j'aperçois la silhouette de mon père. J'entoure mon écharpe autour de mon cou, enfonce mon bonnet jusqu'au ras de mes yeux pour qu'il ne me reconnaisse pas s'il venait à se retourner, puis lui emboîte le pas. Le tapage des battements de mon cœur couvre celui de la rue.

Il marche d'un pas vif. Je me cale sur son rythme. Une fraction de seconde, j'ai envie de lui téléphoner, mais l'entendre une nouvelle fois débiter ses bobards risque de me faire pleurer et perdre mes maigres moyens.

Je songe alors à ma mère, à sa réaction si elle apprenait ses mensonges, à ses larmes, au chagrin qui l'emporterait. J'ai mal aussi pour elle. Ces pensées sont des rafales qui me fauchent sans pitié. Puis l'évidence s'impose. Je dois parler à ma mère. Dire. Tout dire. La vérité est la plus importante.

Alors que je traverse une rue, un crissement de pneus juste devant moi me tire de mes pensées.

Alerté par le bruit, mon père se retourne. Je baisse aussitôt la tête.

Arc-bouté sur son klaxon, un type vocifère par sa fenêtre ouverte.

– Vous pourriez pas faire attention ? J'ai failli vous tuer !

Je l'ignore, poursuis mon chemin.

– Ça va ? me demande une femme sur le trottoir d'en face.

Je hoche la tête, puis continue.

Plus loin, mon père entre dans une boulangerie. Je m'arrête aussitôt devant la vitrine d'un photographe, fais mine de m'intéresser aux appareils exposés.

Dans les films d'espionnage, j'ai vu des agents jamais discrets prendre des clichés de leur cible pour ensuite illustrer leurs rapports. Je me sens l'un d'eux.

Quand mon père ressort avec une baguette et un sac en papier qu'il tient bien à plat dans sa main, puis reprend son chemin, je me demande où il va me mener.

Au malaise vient s'ajouter une sensation nouvelle, presque grisante, qui me déplaît fortement. Comment puis-je éprouver une sorte de plaisir à filer mon père ?

Je m'accorde des circonstances atténuantes, il s'agit juste d'un moyen inconscient de me protéger. *Un mécanisme psychique de défense*, comme dirait ma prof de français qui aurait sans doute rêvé d'être psychanalyste, tant elle nous refourgue à toutes les sauces ses théories.

Soudain, mon cœur s'arrête de battre. Mon père a disparu. Il était là, devant moi, il y a quelques secondes. Par quoi me suis-je laissé distraire ?

J'accélère. Plus j'approche de l'endroit où il s'est évaporé, plus mes pensées sont confuses et ma respiration saccadée. Je regarde chaque porte, comme si j'avais le pouvoir de voir au travers. Comment ai-je pu le laisser s'échapper ?

Je fais encore quelques pas, passe devant un bar, scrute à l'intérieur. Rien.

Devant la boutique suivante, j'observe les mannequins qui ornent la vitrine puis l'intérieur. L'homme qui se tient face au comptoir est bien mon père. Que fait-il dans un magasin de fringues ?

Quand j'aperçois sur une étiquette la marque de la ligne de vêtements pour laquelle il travaille, la réponse balaye la question. La gérante doit être une cliente, comme des centaines d'autres.

Une fille de mon âge entre alors dans la boutique.

Avant que la porte se referme, j'entends mon père l'accueillir :

– Ah, te voilà ma chérie.

Je fais un pas de côté, ne cherche plus à être discrète. Tant pis si je suis découverte. Mais ils ne me voient pas.

Ma chérie. Ces mots, cette intonation. Habituellement pour moi.

Mon père attrape la fille par les hanches, l'embrasse tendrement sur chaque joue, puis il passe un bras autour de ses épaules et l'emmène vers l'arrière-boutique. La femme avec qui il discutait jusque-là s'approche de la porte d'entrée, qu'elle verrouille.

J'ai peur que nos regards se croisent, alors je pivote brusquement et m'éloigne de quelques pas.

Quand je reviens, elle est en train d'attraper la baguette que mon père a achetée. Les reflets sur la vitrine m'empêchent de distinguer la suite. Sans doute est-elle allée les rejoindre.

Maintenant, ces images sont en moi et font partie de moi, sans que je sache quoi vraiment en penser.

Pour ne pas vaciller, je me force à chercher trois mots.

Un seul me vient. *Qui ?*

9

Clément appuie sa tête contre la vitre du car.

Depuis la veille, il est assailli par un magma de questions. Il n'est pas sûr d'avoir envie d'y répondre, il préférerait enterrer les données du GPS dans un recoin de son cerveau d'où il ne les ressortirait jamais. Mais il n'a pas le choix. Nina ne lui a pas laissé le choix. S'il veut comprendre sa disparition, il doit explorer cette piste jusqu'au bout. Alors ce midi en rentrant du lycée, il a quitté la maison sans préciser à sa mère où il se rendait – elle supposera qu'il est chez un ami ou dans les vagues, comme toujours – et il a sauté dans un bus destination Bordeaux.

À mesure que, le long de la route, la pinède cède la place aux habitations, le ventre de Clément se noue. Cette fameuse semaine de décembre, il y a presque un an et demi, où son père était censé être à Nantes, il a apparemment dormi six nuits de suite dans le centre-ville de Bordeaux. Clément a googlé l'adresse exacte donnée par le GPS. Elle correspond à l'immeuble d'une rue commerçante, avec un magasin de vêtements au rez-de-chaussée. Il ne sait pas trop ce qu'il va chercher là-bas. Il essaye de ne pas penser que son père, en ce moment, est aussi censé être à Nantes, et n'y est peut-être pas. Qu'il risque de le croiser. Non, Clément partira avant la fin de l'après-midi. Quoi qu'il découvre, il est hors de question de se confronter à son père.

Le bus s'arrête à la gare routière de Bordeaux, se vide de ses passagers. Clément descend le dernier et marche sans se presser vers le centre-ville, effectuant mille détours pour éviter la foule. Au lieu de s'engager dans la longue rue Sainte-Catherine aux centaines de boutiques fourmillantes de clients, il poursuit sa descente vers la rive du fleuve.

Là, au moins, il pourra respirer.

Clément n'a jamais aimé les villes. Trop de gens, trop de voitures, trop de bruit, trop de néons. Le soleil peine à se frayer un chemin entre les bâtiments et, la nuit, le peu d'étoiles visibles ont un éclat si fade qu'elles lui fendent le cœur. S'il pouvait se balader sa vie entière d'un océan à l'autre avec son surf sans jamais entrer dans une ville, il serait aux anges.

Il s'assied sur le dossier d'un banc de la promenade qui borde la Garonne. Le soleil joue dans le courant, paillettes d'or liquide quasi hypnotiques. Clément les fixe du regard un long moment, reculant celui de poursuivre ses investigations.

Trois adolescentes à rollers passent devant lui, sourire aux lèvres, et se livrent à une série de sauts et d'acrobaties avant de s'engouffrer dans le skatepark. Clément les envie. Il donnerait tout pour être sur l'eau. Pour ne pas être ici.

Il jette un coup d'œil à son téléphone. 15:30. Prenant une grande inspiration, il se lève et s'éloigne. Autant en finir le plus vite possible.

Clément avance sur la promenade, dépasse le miroir d'eau désert par ce froid vif de février, replonge dans les ruelles animées. Celle qu'il cherche est un peu plus haut sur la gauche. Il s'y engage avec une appréhension tellement physique qu'il lui semble qu'il va vomir.

En arrivant à proximité de la boutique qu'il a repérée, Clément ralentit. Il observe la devanture, s'assurant qu'elle n'est pas spécialisée dans les vêtements féminins, puis il rabat la capuche de son sweat sur les reflets dorés de ses cheveux et pousse la porte d'entrée.

Une clochette retentit.

Il n'y a personne derrière le comptoir, mais une femme aux longs cheveux foncés ne tarde pas à émerger de l'arrière-boutique. Clément se détourne vers un portant de chemises masculines. Il reconnaît avec un pincement la marque pour laquelle son père travaille.

– Je peux vous aider ? propose la femme en approchant.

Il prend soin de rester de profil, de ne pas croiser son regard.

– Non merci, marmonne-t-il.

– Si vous avez besoin d'un renseignement, n'hésitez pas.

La vendeuse regagne le comptoir. Clément se glisse de l'autre côté pour l'observer. Elle a un visage agréable, de fines rides qui se creusent lorsqu'elle sourit – ce qu'elle fait à cet instant –, de grands iris sombres bienveillants. Elle irradie d'une douceur étonnante. Si ça se trouve, elle n'a rien à voir avec son père, celui-ci a juste dormi dans un appartement au-dessus ? Il doit y en avoir plusieurs. Cette femme habite-t-elle l'un d'eux ?

Elle lui jette un coup d'œil.

Clément baisse aussitôt la tête vers un tee-shirt *Keep calm and surf on*.

Il poursuit son exploration du magasin, lorsque la clochette retentit de nouveau. Une adolescente longiligne habillée de couleurs sombres, sac de cours sur le dos, se dirige vers la femme et l'embrasse. Les mêmes cheveux brillants, la même frange, la même douceur. La ressemblance entre elles est évidente. Elles conversent à voix basse. Clément ne peut pas s'empêcher de les observer, si bien que l'adolescente le remarque. Elle ne lui adresse d'abord qu'un bref regard, accompagné d'un sourire poli et discret. Mais après quelques secondes, elle fronce les sourcils, reporte son attention sur lui, l'étudie sans le moindre embarras. Soudain, elle se fige.

– Maman, commence-t-elle avant de se pencher pour chuchoter quelques mots à l'oreille de la femme.

La vendeuse pâlit. Cherche son téléphone portable. Elle disparaît dans l'arrière-boutique pour donner un coup de fil. Clément hésite à s'en aller tant le moment est gênant, mais la fille le fixe avec une telle intensité qu'elle le cloue sur place. Que se passe-t-il ?

La femme revient. Elle semble bouleversée.

– Tu es Clément, n'est-ce pas ? lance-t-elle d'une voix tremblante. (Celui-ci hoche la tête, glacé.) Je viens de parler à ton père. Il sera là d'ici quelques minutes, et il aimerait que tu l'attendes.

Clément se frotte les mains sur son jean. Elles sont gelées et moites à la fois.

– Qui… qui êtes-vous ? parvient-il à articuler.

– Je crois que si tu es ici, c'est que tu le sais déjà. Je m'appelle Hélène, et voici ma fille, Élise. Ta demi-sœur.

Le regard de Clément passe de l'une à l'autre. Il lui semble que le sol se dérobe sous ses pieds, prêt à l'engloutir. Sans un mot, il fait volte-face et s'échappe par la porte.

– Clément !

La voix de l'adolescente s'étouffe tandis que la porte retombe derrière lui.

10

En savoir plus. Un besoin. Une véritable obsession. Je ne peux plus reculer. Qui ? Cette question me gifle à chaque fois qu'elle me traverse l'esprit. À cet instant, rien ne me semble pire que de ne pas savoir. Le slogan de mon père ne m'a jamais paru si approprié. *On vous doit la transparence.*

Mes mains tremblent. Mes jambes tremblent. Mes certitudes aussi, qui menacent de s'effondrer. J'erre comme un automate, enfilant les rues sans logique, ne sachant plus où je me trouve. La tête vide. Ou bien débordante. Enchaînant les gestes mécaniques comme si une force extérieure pilotait mes membres. Moi ? Je ne suis plus là. Totalement déconnectée de mon corps. Combien de temps cela dure-t-il ? Je n'en ai pas la moindre idée.

Ce sont les aboiements d'un chien qui me ramènent à la vie. Pas un gros chien, mais le genre de bestiole qui ressemble plus à un cochon d'Inde qu'au meilleur ami de l'homme.

– Vous lui avez fait peur, m'agresse sa propriétaire en serrant la boule de poils hargneuse contre sa volumineuse poitrine.

Je la fusille du regard. Le chien se met à aboyer plus fort encore.

– Ça vous amuse de le provoquer ?

Sans succès, la femme tente de capter les regards des passants indifférents pour les rallier à sa cause. Alors elle tourne les talons et s'éloigne en soupirant. Je reste un long moment sans bouger, sur ce bout de trottoir. Le monde autour de moi n'est plus le même.

Je suis comme ce chien pris de panique. La cause ? Mon père. Cette femme. Cette fille que mon père a appelé *ma chérie*, et qu'il a embrassée tendrement. J'ai eu envie de mordre. D'aboyer et de mordre. De planter mes crocs dans de la chair. La leur. Et d'entendre leurs hurlements de douleur.

Mais les cris de souffrance, c'est moi qui les pousse. Au dedans. Au fond. Tout au fond. Dans des parties de mon corps dont j'ignorais l'existence. Quand je lève les yeux sur le mur d'en face, j'aperçois une fissure peinte par un graffeur, d'où émergent des nuées de chenilles repoussantes. Je n'ai même pas la force de les prendre en photo.

Je dois avant tout comprendre. Venir à bout de ces interrogations qui me hantent.

Alors je planque de nouveau. À quelques dizaines de mètres du magasin où est entré mon père avec sa baguette de pain. Cette fois, je ne me suis pas installée dans un bar. Je n'aurais pas été capable de parler à un serveur pour demander un café ou un Coca. Je suis dans la rue. Dissimulée entre un van et une voiture.

Je me rappelle les parties de cache-cache dans le jardin familial, quand nos cousins et cousines débarquaient pour une semaine de vacances l'été. La peur d'être vue, doublée du désir d'être découverte pour être celle qui chercherait, qui traquerait afin de ne plus avoir à sursauter. Soudain je vois la fille quitter le magasin. Elle traverse la rue, la remonte maintenant dans ma direction. Mon cœur s'emballe, bat à tout rompre. Je n'entends même plus les bruits de la rue. Tandis qu'elle approche, je contourne la camionnette, me retrouve sur le trottoir derrière elle. Ses longs cheveux bruns flottent dans l'air. À intervalles réguliers, elle les ramène de la main vers l'arrière.

Plus loin, elle s'arrête devant une vitrine. Quand elle rajuste son col puis passe un doigt au coin de son œil, je comprends que c'est son reflet qu'elle regarde. Aux oreilles, elle porte des créoles dorées. Elle se tourne vers moi. Son regard ne m'effleure même pas, va se perdre plus loin. Elle est plutôt jolie. Genre *sûre de moi*, mais qui fait tout pour ne pas le montrer. Maquillage léger, qui rehausse le brun de ses yeux. Pas un brun quelconque qui inspire le vide et la fadeur. Cette fille a une vraie personnalité.

Avec mon bonnet enfoncé jusqu'aux yeux et mon écharpe grise qui mange une partie de mon menton pour ne pas être reconnue, je ne ressemble à rien.

Une série de questions déboulent alors dans mon esprit. Cette fille connaît-elle mon existence ? Mon père lui a-t-il montré des photos de moi ? Ou bien ment-il à tout le monde ?

Je reviens à celle qui me bouffe le cerveau.

Qui est-elle ?

Je scrute chacun de ses traits, cherche des bribes de réponses. Ce visage ne m'évoque rien. J'aurais besoin de Romane à mes côtés. Des histoires, elle pourrait en inventer des tonnes sur cette fille. Rien qu'en la regardant.

Je suis tentée de dégainer mon portable pour la prendre en photo, mais j'aurais l'air de quoi si elle me surprenait ?

Quand elle se remet en marche, je lui emboîte le pas. Si je veux en savoir plus, je dois l'aborder. Courir le risque qu'elle me reconnaisse si mon père lui a parlé de moi. Échanger quelques mots. Alors j'accélère, la rattrape.

– S'il te plaît.

Elle s'arrête, se retourne. Quand elle me voit, un sourire efface aussitôt sa méfiance. Sans doute craignait-elle que je sois une de ces SDF ou camées qui accostent les passants pour leur taper une pièce.

– Oui ?

– Je… je t'ai vue marcher devant moi, et je trouve ton manteau… trop sympa. Tu l'as acheté où ?

La fille me détaille. Surprise, c'est sûr. Flattée, sans aucun doute. Elle réfléchit une seconde. Apparemment elle ne sait pas qui je suis, ou ne s'en rend pas compte. Ça me soulage.

– Ma mère. Elle tient un magasin un peu plus haut dans la rue. Mais si ce modèle t'intéresse, dépêche-toi, elle n'en a presque plus.

– C'est quoi comme marque ?

Elle lève un pan de son manteau pour me montrer l'étiquette.

– Tu connais ?

Bien sûr que je la connais, puisque c'est celle que mon père est chargé de vendre aux boutiques.

– Non, jamais entendu parler.

Elle va me prendre pour une naze, mais ce n'est pas grave.

– C'est mon père qui les commercialise, explique-t-elle avec une légère hésitation.

La nouvelle me percute comme un camion à pleine vitesse.

– Oui, il est commercial dans la boîte qui fabrique ces vêtements. Quand je dis fabrique, c'est sa boîte qui les conçoit. On sait que les usines sont situées à l'autre bout du monde. Il m'a montré les modèles de la collection été. Ça va faire un carton. Je t'aurais bien accompagnée à la boutique de ma mère, mais je vais être en retard. Vas-y. Dis-lui que tu m'as rencontrée et que c'est moi qui t'ai encouragée à aller la voir. Elle te montrera tout ça. Avec un peu de chance, mon père sera encore là. Tu verras. Quand il présente les modèles, il est intarissable.

Son père. Mon père. Un instant je vacille.

– Merci, c'est… sympa.

Je ne sais pas comment j'ai trouvé les mots et la force pour les prononcer.

– Allez, ciao, je dois filer.

Je l'observe qui s'éloigne.

– Ton prénom ? je lui crie.

Elle se retourne, m'interroge du regard.

– Pour dire à ta mère…

– Élise. Je m'appelle Élise. Et toi ? demande-t-elle après un court silence, comme si elle se sentait obligée à son tour.

– Romane.

C'est le premier prénom qui me vient.

– OK, super, Romane.

Elle lève une main pour m'adresser un salut que je ne lui rends pas. Elle sort son portable, pianote sur l'écran. Elle a déjà repris le cours de sa vie.

De retour à la maison, je me suis jetée sur mon ordinateur.

Sur l'écran est affiché le profil Facebook d'Élise. Il n'a pas été bien compliqué à trouver. Elle a liké la page de la boutique de sa mère. Tout comme mon père. Par contre, lui et elle ne sont pas amis sur ce réseau social.

Mon père, a-t-elle lâché en évoquant le mien. Un instant, je me dis qu'il s'agit de l'histoire pitoyablement banale d'un homme qui a une liaison avec une femme. Une liaison si forte que la fille de sa maîtresse parle de lui en disant *mon père*. Sans doute pour se vanter au sujet des vêtements.

– Mon père a une maîtresse.

Les mots sont sortis de ma bouche dans un murmure inaudible. Une maîtresse. J'ai l'impression d'être dans une mauvaise série. J'ai soudain envie de rire. Un rire nerveux qui démarre dans mes tripes, prend mon estomac et remonte inexorablement jusqu'à envahir ma gorge puis ma bouche, avant d'éclater contre les murs de la pièce. Par chance, je suis seule. Une semaine par mois, mon père vit chez cette femme, avec cette fille. Depuis quand cela dure-t-il ? Il me semble avoir toujours connu mon père absent une semaine par mois. Alors ça fait de très nombreuses années. De très nombreuses années de mensonges.

Je fais défiler le fil d'actualité d'Élise. Des photos d'elle. Beaucoup. De ses amis. L'été dernier, elle a eu un petit ami. Pas mon genre mais plutôt mignon, avec ses boucles et son menton mal rasé. Cela n'a duré que le temps des vacances. Première photo publiée le 22 juin.

La dernière le 16 septembre. Avant et après ? Rien. Aucune trace de lui. Entre ces deux dates ils se tiennent par la main, s'embrassent. Il joue au tennis. Au foot aussi. Je suis tentée d'aller sur son profil pour savoir si c'est elle qui l'a quitté ou bien lui qui l'a laissée tomber pour une autre, mais je ne dois pas m'égarer.

Alors que je m'enfonce dans le passé d'Élise, je réalise combien il est facile de pénétrer dans l'intimité des gens. Quelques minutes m'ont suffi pour en savoir déjà beaucoup à son sujet.

À chaque fois qu'elle poste une photo, ses amies font un commentaire. Toujours flatteur. Parfois moqueur, jamais méchant. Elle partage des articles de presse sur le thème de l'écologie. Un autre plus loin qui dénonce des violences policières sur un groupe de migrants. Elle est moins superficielle que je me l'étais imaginé. J'aurais préféré qu'elle soit conne et haïssable.

Presque indifférente, je continue à dérouler son histoire, du moins ce qu'elle a bien voulu en partager publiquement. C'est au moment où je baisse la garde que je reçois un coup de massue. Elle a publié des photos d'elle. Toute jeune. Sur l'une d'elles, elle ne doit pas avoir plus de quatre ou cinq ans. La photo a été coupée, et la seule chose que je vois, c'est un bras orné d'un tatouage familier. Deux lignes parallèles, des pointillés.

À qui appartient ce bras tatoué qui tient ta main ? demande une de ses amies dans un commentaire. La réponse d'Élise me lamine. *À mon père.* Derrière, un smiley me nargue, m'humilie, m'insulte, me crache à la figure.

Je n'ai aucun mal à reconstituer mentalement la partie manquante de mon père. Musclé. Bronzé. Le corps athlétique. À l'époque où il faisait beaucoup de surf.

Cette photo ? Nous avons quasiment la même dans un album rangé sur l'étagère du salon. Même homme. Mais une autre petite fille. Aujourd'hui, Clément ressemble à mon père à cette époque.

Je détaille le paysage autour d'elle, redoute de reconnaître Lacanau. Non, il n'aurait pas fait ça. Pas ici. Pas chez nous. Aucun détail ne m'interpelle qui indiquerait le lieu où cette photo a été prise. En tout cas, ce n'est pas ici. Ce constat ne me soulage même pas.

Je n'ai pas senti les larmes envahir mes yeux, mais quand elles dévalent mes joues, elles me brûlent. Je panique. J'étouffe.

Nerveusement, je clique sur ma souris pour remonter en haut de son profil, clique sur le bouton *à propos* pour obtenir des précisions. Je tombe sur sa date de naissance. Nous avons quasiment le même âge. Je suis son aînée de six mois. Six petits mois. Six misérables mois.

La perspective de ma naissance n'a donc pas suffi à mon père. Deux vies. Deux filles. Deux femmes. Deux histoires. Je m'interroge sur la mienne. À cet instant, elle ne ressemble plus qu'à un ballon de baudruche abandonné, crevé, sur le sol.

Deux. Menteur. Minable.

Je repense alors à la photo qu'il m'a soi-disant envoyée de Nantes. Je saisis les mots-clés *Nantes*, *street art*, *éléphants*. La photo reçue de mon père est la première qui s'affiche. Mon sang reflue dans mes membres et je me mets à trembler. Je renouvelle l'opération en tapant cette fois *Nantes*, *street art* et… *famille*. De nouveau l'image de la fresque apparaît en premier. Même lumière, même cadrage. Il a simplement récupéré cette image sur Internet.

Trois nouveaux mots me viennent :

Manipulateur. Calculateur. Enfoiré.

11

Clément se fond dans le flot des passants. C'est bien la première fois qu'il est reconnaissant de se trouver dans un quartier fréquenté. Il jette un coup d'œil par-dessus son épaule. L'adolescente nommée Élise est restée sur le seuil de la boutique. Ils se jaugent de loin. Puis Clément bifurque et l'angle de l'immeuble efface sa fine silhouette.

Ta demi-sœur.

L'expression le ronge de l'intérieur, acide brûlant dans ses veines.

Il dévale une rue, se retrouve à nouveau près du fleuve, enfile en courant le quai Louis XVIII et le début du quai des Chartrons jusqu'à atteindre le banc sur lequel il s'est assis en début d'après-midi. Il s'y laisse tomber, haletant. Les trois filles à rollers sont toujours dans le skatepark, déchaînées, inconscientes que son monde à lui vient de s'écrouler. Une famille normale, hein ? Une famille qui encourage le dialogue ? Tu parles. Une famille pleine de secrets, oui. Une famille double, dérobée, mensongère.

Je suis ta sœur, tu es mon frère.

Est-ce ce que Nina a voulu dire dans sa lettre ? « C'est *moi* ta sœur, pas cette inconnue que notre père élève dans notre dos ? »

Clément reste là un long moment, la tête entre les mains, à tenter de calmer les battements désordonnés de son cœur. Il est incapable de rentrer chez lui et d'affronter la situation. Si même Nina, tellement prompte à se dresser face aux injustices et à éventrer les non-dits, a fui en découvrant la vérité, comment lui trouverait-il la force d'y faire face ?

Son téléphone vibre dans sa poche. Il le sort. Son père. Clément refuse l'appel et éteint l'appareil.

Une sirène de police le fait sursauter. Il se retourne. La voiture passe derrière lui à toute allure sans faire mine de ralentir. Ils ne peuvent pas déjà être à sa recherche, c'est trop tôt. Quoique. Après la disparition de Nina, les autorités seraient sûrement réactives si son père appelait le commissariat en racontant ce qui vient de se passer.

Son père… Il doit être en train de ratisser Bordeaux pour le retrouver. Est-ce que cette Élise l'aide ? Et la femme, Hélène ? Clément ne peut pas rester ici. L'esplanade en bord de fleuve sur laquelle se trouve son banc est trop exposée.

Il se lève, rajuste sa capuche sur sa tête, remonte vers la ville, ses murs et ses ruelles. Il va se fondre dans les ombres pour disparaître. Comme Nina.

En marchant, il guette du coin de l'œil la présence d'une silhouette familière parmi les passants et derrière les pare-brise des voitures. Mille fois, il sursaute, croyant reconnaître un proche sous les traits d'un inconnu. Son sang bat contre ses tempes. Il ne peut pas rester ainsi sur le qui-vive toute la soirée. Il a besoin d'un endroit calme pour faire le point, décider de la suite. Un endroit à l'abri des regards où personne ne le dérangera.

Un café ? Non, au bout d'une heure ou deux la présence d'un adolescent seul attirerait l'attention des serveurs ou de clients. Où n'inspirera-t-il ni méfiance ni inquiétude, ni sollicitude ?

La solution éclôt dans sa tête, évidente.

Le cinéma. L'obscurité d'une salle. Anonyme au milieu des spectateurs qui ne s'intéresseront qu'à l'écran géant.

Mais pour s'y rendre, Clément doit revenir vers le centre-ville. Vers la boutique d'Hélène, au risque d'être découvert.

Rasant les murs, baissant le visage vers les pavés, il file en direction de la place des Grands-Hommes, contourne le centre commercial, s'engage dans la rue Montesquieu… Le cinéma est là, avec ses colonnes de pierre claire. D'habitude, il préfère l'UGC, qui se trouve un peu plus loin. Jamais ses parents ne penseront à le chercher ici.

Clément s'engouffre sans hésiter à l'intérieur du complexe, vérifie sur les écrans le titre du prochain film à démarrer, achète une place. Il se glisse aussitôt dans la salle. Celle-ci est déjà plongée dans la pénombre pendant que les bandes-annonces défilent à grand renfort de musiques accrocheuses. Il y a une cinquantaine de spectateurs, disséminés dans la grande salle pleine de dorures, dont une bonne moitié d'enfants. Clément s'installe sur le côté, là où personne ne se met.

Une heure et demie de tranquillité.

Et maintenant ?

La tornade intérieure qu'il a contenue le temps de rejoindre le cinéma reprend ses hurlements infernaux avec une violence qui le colle au fond de son fauteuil.

Son père ment sur ses déplacements professionnels. Il a une autre famille. Une autre fille adolescente, plus âgée que lui – et que Nina ? Est-ce que leur mère est au courant ? Le slogan de l'entreprise dans laquelle travaille son père jaillit soudain de sa mémoire. « La transparence avant tout. » La transparence des vagues et celle du label commerce équitable pour sa ligne de vêtements. *Transparence, mon cul!* Et puis il y a ces phrases que Clément a entendues mille fois dans la bouche de son père lorsqu'il était au téléphone avec ses clients. *On vous doit la vérité. Il n'y a rien de plus important pour notre marque que d'être irréprochable.* Du bla-bla de commercial qu'il ressortait souvent en famille, plaidant pour une honnêteté absolue entre eux. Alors que pendant ce temps, il… Une violente nausée saisit Clément, qu'il repousse difficilement. Il ignore ce qu'il va faire de cette découverte. Il sait juste qu'il ne peut pas rentrer, ce serait comme s'il acceptait cette situation qui le révulse.

Il croit comprendre Nina, soudain. Son départ n'a pas été une fuite mais un refus. L'acte courageux de couper tous les ponts avec une existence mensongère. S'il savait où elle se cachait, il la rejoindrait dès ce soir. Seulement, elle ne lui a laissé aucune chance de partager son choix, comme s'il était coupable lui aussi. De quoi ? D'appartenir à cette famille ? De ne pas avoir découvert la vérité plus tôt ? D'aimer le surf, comme son père ? D'avoir sa voix ? De lui ressembler physiquement ? Leurs similarités le dégoûtent, à présent.

Le seul point positif dans le chaos qu'est devenue sa vie en l'espace de quelques heures, c'est qu'il ne croit plus à la thèse du suicide. Nina a décidé de partir, pas de se tuer. Il en est certain. Et il s'accroche à cette idée tel un naufragé à une bouée.

Son regard erre sur le film d'animation qui se déploie à l'écran sans parvenir à en saisir l'intrigue. Lorsque les lumières se rallument, Clément laisse la salle se vider entièrement et, le ventre noué, sort à son tour. Il se dirige droit vers la borne automatique, achète une nouvelle place, entre dans une salle plus petite habillée de noir du sol au plafond.

Il enchaîne ainsi quatre films, prenant soin d'éviter les guichets pour ne pas rendre le personnel méfiant. Il est plus de minuit quand Clément est obligé de quitter le cinéma sur le point de fermer. Et il ne se sent pas plus avancé.

La fraîcheur de la nuit l'enrobe. Il esquive les lumières des restaurants et des bars. Une fois de plus, c'est vers l'eau que le guident ses pas. Il résiste à l'attraction qu'elle exerce sur lui – son père le connaît, il le cherche sûrement sur les rives du fleuve.

Ce qu'il abandonnerait en fuguant pour de bon lui apparaît peu à peu, creusant encore son désespoir. Noah, Alex, Barbie. Le lycée. Sa maison, ses planches. Sa carrière dans le surf professionnel, trop médiatique…

Et puis où va-t-il aller, s'il ne rentre pas chez lui ? Nina n'a pas disparu du jour au lendemain. Elle a préparé son départ, c'est évident.

– Nina, murmure-t-il, envoie-moi un indice, mets-moi sur ta piste. Je ressemble à papa, mais je ne suis pas comme lui. Je ne suis pas lui. S'il te plaît…

Clément ferme les yeux, appuie son front contre une façade. Frappe la pierre de toutes ses forces. Une explosion de douleur remonte le long de son bras. Elle lui fait du bien. Cette douleur-là, au moins, il la comprend. Il la contrôle.

– Ça soulage, hein ? lance une fille dans son dos.

Clément fait volte-face. Depuis un porche de l'autre côté de la ruelle, six paires d'yeux le fixent. Une fille, deux garçons, trois chiens.

D'instinct, Clément a envie de reculer. Le sourire compatissant de la fille l'en retient.

– Liloo, se présente-t-elle. Le grand avec des dreads, là, c'est Laz, et ce petit couillon s'appelle Didiche.

– Clément, lâche-t-il.

– Tu veux t'asseoir ?

Clément hésite. Il détaille les cheveux presque ras de la fille, ses fringues trop larges pour son corps mince, le sac à dos usé qu'elle garde à portée de main, son chien qui ne le lâche pas des yeux. Elle ne doit pas être beaucoup plus vieille que lui – et aucun de ses compagnons n'a plus de vingt-cinq ans. Pourtant, il se dégage d'elle une assurance étonnante, comme si rien n'était grave et que cette nuit lui appartenait.

– On ne peut pas t'en offrir, intervient le grand type qu'elle a appelé Laz en agitant sa canette de bière, c'était la dernière…

– T'as peut-être des thunes pour qu'on rachète un pack à partager, remarque… ? tente l'autre.

La voix de Liloo claque.

– Laisse-le tranquille, putain.

Didiche se renfrogne. Clément traverse la ruelle, surveillant les chiens qui suivent son avancée d'un air méfiant. Liloo pousse l'un d'eux pour lui faire une place.

– T'inquiète, ils vont pas te bouffer, t'es notre invité.

– Super rassurant, ironise Clément en s'asseyant.

Le molosse tend le cou pour le renifler, puis se recouche aux pieds de sa maîtresse.

– Alors, qu'est-ce qui t'arrive ?

Clément retient un soupir. Sans trop savoir pourquoi, il se lance. Il raconte la disparition de Nina, et sa découverte d'aujourd'hui. Ce qu'il ne parviendrait pas à confier à un ami, il l'offre à une inconnue, et aux deux garçons qui écoutent, mine de rien, en tripotant leurs canettes vides. Même s'il peine à mettre des mots sur ce qu'il ressent, Liloo semble le comprendre. Elle émet un petit sifflement appréciateur lorsqu'il se tait.

– Ah ouais, chaud… Enfin tu sais, la famille, ça ne vaut pas grand-chose, c'est du pur hasard d'être le fils de machin ou le frère de bidule. Moi, j'en attends plus rien. C'est mieux. Et puis vois le positif. T'es libre. Complètement libre. Zéro attache, tu peux aller où tu veux, sauter dans un train, te barrer quand t'en as marre, plus personne pour te donner des ordres, plus obligé de perdre ton temps en cours, le cul vissé à une chaise… Reste avec nous, si tu veux. Juste cette nuit, après tu verras bien.

Clément hoche la tête. Il a très envie de la prendre au mot. Même si son père passait dans la ruelle, il ne le reconnaîtrait pas, dans l'ombre de ce porche, en compagnie de ces trois-là.

– Et sinon, pour le pack de bières ? insiste Didiche.

Liloo s'apprête à le rabrouer une nouvelle fois. Clément l'arrête, sort son portefeuille de la poche arrière de son jean, tend un billet à Didiche qui le prend avec une révérence insolente avant d'éclater de rire. Son argent de poche du mois vient de fondre presque entièrement en une seule journée.

Didiche revient dix minutes plus tard, un pack au bout de chaque bras, des paquets de chips et des croquettes pour chiens dans son sac à dos. Où a-t-il trouvé une épicerie ouverte à cette heure ? Mystère.

– Ravitaillement ! s'exclame-t-il en versant trois monticules de croquettes à même le trottoir.

Les chiens se précipitent sur la nourriture.

Clément attrape la bière qu'on lui tend et se laisse aller contre le mur.

D'abord, tous gardent le silence. La rumeur de la ville s'est tue, seuls les bruits de mastication des chiens résonnent contre les façades de la ruelle. Puis Laz demande des nouvelles d'un autre mec que Clément ne connaît pas, et la conversation s'engage.

Liloo, Laz et Didiche évoquent des festivals de musique où ils se sont rendus l'été dernier, s'enthousiasment à l'idée d'y retourner, de reprendre la route, de quitter cette ville où les passants les traitent comme de la merde sous prétexte qu'ils parlent fort et qu'ils ont choisi une existence différente, qu'ils ont refusé de jouer le jeu de cette société pourrie. Les injures colorées fusent, les surnoms aussi, ceux de compagnons d'errance dont les chemins s'entremêlent aux leurs, le temps d'un jour ou d'une semaine, toute une communauté nomade dont Clément ignore les usages. Et puis il y a les squats qui les abritent ici ou là, celui de Bordeaux Nord d'où ils sont partis il y a quelques jours parce qu'ils se sont pris la tête avec un mec et que ça a failli mal tourner quand ils ont sorti les couteaux... Fasciné par cette exclusion choisie, Clément les écoute une bonne partie de la nuit.

– En plein hiver, vous dormez dehors aussi ? demande-t-il au bout d'un moment.

– Quand on n'est pas en squat, ça arrive, répond Laz. De temps en temps, les villes nous envoient des agents municipaux. Ils disent qu'ils veulent nous aider, mais ils veulent surtout nous enfermer dans des centres sociaux, tu vois, ils veulent nous contrôler. S'il fait trop froid, on en profite pour passer une nuit au chaud, et puis on se barre. On n'en veut pas de leur aide.

– Toi non plus tu n'as aucun lien avec ta famille ?

– Quelle famille ? C'est eux ma famille.

D'un geste, il englobe Liloo, Didiche et les chiens. Clément n'en saura pas plus. Il ne demandera pas.

Clément se réveille en entendant des chuchotements nerveux. Il n'ouvre pas les yeux.

– Tu vas pas faire ça, Laz, putain !

– Pourquoi ? C'est un fils de bourge, ça lui manquera pas.

– Nan, mais nan, arrête !

Froissement de vêtements. Liloo et Laz en sont venus aux mains. Lorsque Clément déplie son corps et se redresse, le silence retombe.

– Salut, dit-il.

– Salut, répond Liloo.

Laz se contente d'un coup d'œil en direction du portefeuille de Clément qui dépasse de sa poche arrière, et d'un autre, furieux, à Liloo. Clément feint de ne rien remarquer, même si personne n'est dupe. Il étire ses muscles endoloris par cette nuit à la dure, en profite pour se lever, s'éloigner de quelques pas pour échapper à l'hostilité de Laz. Vu la température et le voile pastel qui recouvre le bleu du ciel, il est très tôt. Clément sent qu'il ne doit pas s'attarder, qu'il n'est plus le bienvenu, et l'air désolé de Liloo n'y change rien.

– Merci, dit-il seulement.

– À une prochaine, lance Liloo.

Clément lui sourit et s'en va, une boule dans la gorge.

Hier soir, leur vie avait une aura presque romantique qui l'a séduit ; ils étaient des compagnons vagabonds, des aventuriers des temps modernes qui sillonnent les routes comme d'autres les mers.

Seulement, leur quotidien est-il enviable ? Leurs récits comportaient de tels éclats de violence… Est-elle indissociable de leur mode de vie ? Il ne peut s'empêcher d'imaginer Nina à la place de Liloo. Sa sœur est-elle devenue comme eux ? Est-ce qu'elle dort dans la rue ? Est-ce qu'elle a dû voler pour s'en sortir ? Ça ne lui ressemblerait pas, mais c'était peut-être son seul moyen de manger ces derniers mois…

Clément a toujours vu son aînée comme une battante discrète, une fille qui sait ce qu'elle veut et se donne les moyens de l'obtenir. Sauf qu'en se coupant de sa famille, Nina s'est fragilisée.

À quel point ?

Cette fois, Clément laisse ses pas le porter jusqu'au fleuve. Il s'accoude à la rambarde, observe l'eau qui s'écoule en contrebas.

Au bout d'un long moment, une ombre apparaît à côté de lui, attachée à une paire de baskets familière. Clément lève les yeux. Son père l'observe. Le soulagement est évident sur son visage cerné. Il n'a pas dû fermer l'œil de la nuit.

À sa vue, la colère de Clément se réveille, amère et brutale.

– Rentrons à la maison, dit son père. S'il te plaît. Nous devons parler.

Clément n'a aucune envie d'obéir. Il préférerait courir tout droit et ne jamais revenir. Mais sans un mot, il le suit jusqu'à la voiture garée sur le bas-côté. Il n'a pas la volonté de Nina. Il n'a pas le cran de Liloo. Il est comme son père.

Deux lâches. Lui et moi. Deux putains de lâches.

12

De la fenêtre de ma chambre, je regarde ma mère descendre de voiture, puis gagner la porte d'entrée avec deux sacs de courses. Il y a longtemps que le garage n'est plus accessible aux voitures, tant il sert de dépôt. Les planches de mon frère, les meubles que mon père a hérités de ses parents, des cartons de vêtements et tout un fatras dont plus personne ne serait capable de dresser la liste, même approximative. Aucun de nous ne fait plus attention à cet amoncellement inutile. Seule ma mère, une fois par an chaque début d'été, exige qu'on profite des vacances pour trier tout ça et débarrasser ce qui doit l'être. Chacun de nous s'y engage, et personne ne le fait.

Je ne peux m'empêcher d'y voir un reflet de nos existences. On a amassé des bouts de vie, des histoires, des émotions sans jamais chercher à les ranger, les trier, ou tout simplement en prendre soin. Comme pour le garage. On a fini par passer devant cette accumulation sans plus la remarquer. Clément ne s'intéresse qu'aux vagues, mon père a une autre famille ailleurs, et je dois avouer que mes questionnements tiennent à distance ma vie personnelle et accaparent mon esprit. Ma mère est sans doute la seule de nous quatre à porter un intérêt à tout ça.

Je l'écoute monter les marches. Cela m'apaise.

– Nina, tu es là ? crie-t-elle.

J'hésite une seconde.

– Oui, dans ma chambre.

– Tu veux bien venir m'aider ?

Prise de panique, je ferme les yeux. J'ai l'impression de tenir entre mes doigts une allumette enflammée, à proximité d'une mèche que je ne pourrai pas éteindre une fois allumée. Oui. Ce que j'ai découvert sur mon père est une véritable bombe, capable de pulvériser ma famille et nos vies à tous.

Je me lève, cours à la salle de bain. Le visage que je découvre dans le miroir est celui du désastre annoncé. Yeux rougis par les larmes, paupières gonflées, mascara qui s'est fait la malle en abandonnant de piteuses traînées sur mes joues. Bientôt, ceux de ma mère pourraient ressembler à cela. Dois-je lui parler ? Ou bien taire mon secret pour la préserver ? Pourtant, est-ce un service à lui rendre que de lui cacher la vérité ? Vaut-il mieux qu'elle vive un bonheur factice en ignorant un pan entier de la vie de son mari ? Ou connaître la vérité et plonger dans le malheur ?

Mon père. Quel salaud ! Il me condamne à allumer la mèche et à provoquer le désastre, ou alors à me taire et encaisser seule. Lui parler ? Je n'ai plus confiance en lui. Il est un menteur professionnel. Large sourire. Argumentaire parfaitement rodé. Il agit avec nous comme avec ses clients. Il nous vend du rêve, inventant une magnifique histoire, comme il le fait pour sa marchandise. Des vêtements aux slogans accrocheurs : « C'est vraiment vous », « La vie en vrai ». Et l'envers du décor, ce sont certainement les salaires de misère, à l'autre bout du monde. Des femmes et des hommes sous-payés, travaillant dans des conditions pitoyables. Et peut-être des enfants. Tout est imaginable désormais.

Du statut de père, il passe à celui de mytho.

Ce qu'il ne sait pas, c'est que chez les éléphants, les femelles vivent ensemble, et que les mâles sont tenus à l'écart, condamnés à une existence solitaire.

De nouvelles larmes jaillissent. Un sanglot secoue ma poitrine. Comment vais-je justifier mon état à ma mère ? Quel bobard puis-je lui raconter qu'elle n'aura d'autre choix que croire ?

Je redoute son regard insistant quand je lui servirai des mots mal assurés, ses yeux plissés par le doute et l'inquiétude. Suis-je capable de tenir sans craquer ?

J'ouvre le robinet d'eau froide, me penche sous le jet. Ma peau semble se rétracter sur les os de mon visage.

J'en profite pour boire, comme si je pouvais éteindre le feu qui me consume.

Un instant, je me dis que je dois informer ma mère. Lui annoncer qu'elle vit avec un menteur et un manipulateur, que l'homme qu'elle côtoie chaque jour n'est pas celui qu'elle croit. Oui, elle a le droit de savoir. Cette perspective de ne bientôt plus être la seule à porter ce fardeau ravive mes forces.

– Nina ?

– J'arrive ! Je termine de me laver les cheveux.

J'attrape le shampooing, m'en asperge la tête, le fais mousser puis rince, avant d'enrouler mes cheveux dans une serviette éponge. J'essuie mon visage, la rejoins.

– Qu'est-ce qui t'arrive ? me demande-t-elle à peine ai-je mis un pied dans la cuisine.

– J'ai réussi à me mettre du shampooing dans les yeux.

Le mensonge est venu tout seul, sans que j'aie eu l'impression de le formuler dans ma tête. J'en suis la première surprise. Deviendrais-je une menteuse aussi professionnelle que mon père ?

– Moi qui voulais te demander de m'éplucher quelques oignons, c'est raté.

– Au point où j'en suis…

D'un revers de sa main, ma mère balaye mon objection.

– Dans l'état où tu es, ce n'est pas la peine de t'irriter plus.

Déjà elle attrape un couteau et s'attaque à la besogne. Le claquement de la lame sur la planche à découper rythme le compte rendu de ses courses.

En moins de deux minutes, l'oignon la fait pleurer. Si je l'écoutais, je saurais qui elle a croisé et quelles sont les nouvelles de Lacanau. Mais je ne prête aucune attention à ce qu'elle me raconte. Je me contente de fixer les larmes qui dévalent ses joues. Cela me rassure d'imaginer qu'elles masqueront les larmes de tristesse qu'engendreront mes révélations.

J'hésite une seconde, puis me lance.

– L'autre jour, à Bordeaux, quand j'étais avec Romane pour son tatouage, j'ai cru voir papa, alors qu'il était censé être à Nantes.

Ma mère suspend son geste, le reprend aussitôt.

– Est-il d'allure si banale que tu puisses le confondre avec le premier venu ?

Je la regarde, horrifiée. Son hésitation a duré une fraction de seconde de trop, et l'a trahie. Normalement, elle aurait dû tourner la tête vers moi, sourire, puis me répondre d'un battement de cils. Comme quand ce que je lui raconte lui paraît loufoque. Mais elle n'a pas bougé.

Ses mains sont crispées. Veut-elle les empêcher de trembler ?

– Romane s'est fait faire un tatouage ? lâche-t-elle dans un étonnement feint.

Elle le sait, je lui en ai parlé ce jour-là.

Elle sait aussi pour mon père. C'est certain. Je voudrais lui demander de me jurer l'inverse, mais ma gorge serrée ne laisse échapper aucun son.

– Quel motif?

– Une... salamandre.

– Ah, bien. Un animal légendaire, cette salamandre. On prétend qu'elle habite le feu, d'où elle puise vie et protection.

Ma mère parle comme si elle lisait un article sur Wikipédia, raconte des légendes, devient soudain intarissable sur ses pouvoirs. Elle semble avoir confié à la bestiole le soin de repousser la menace qui se profilait.

Elle sait tout. L'autre femme. Élise. La vie de mon père à Bordeaux dans son autre famille, alors qu'il prétend être à Nantes.

Un goût de pourriture envahit ma bouche. Je voudrais cracher. Vomir. Me vider de toute cette crasse immonde. Ma mère me dégoûte. Comment peut-elle accepter ça? Comment peut-elle nous mentir? Jouer l'illusion du bonheur familial? Offrir l'image lisse d'une famille normale est-il plus important que faire face à la réalité?

Je repense à Élise, bien plus belle que moi et parfaite. Elle vit à la ville alors que j'en rêve, rayonne alors que je me sens terne. De nouveau, un affreux sentiment de culpabilité m'envahit. La perspective de ma naissance n'a pas *suffi* à combler mon père. Puis je trouve l'énergie pour repousser cette culpabilité que je ne mérite pas.

Le fautif, c'est lui. Pas moi. C'est aussi ma mère, qui accepte et entretient le mensonge.

– Tu m'en parlerais, avant de te faire tatouer ? demande-t-elle en gardant la tête baissée sur ses oignons pour éviter que nos regards se croisent.

Dix-sept ans de mensonges et elle ose me demander de lui témoigner ma confiance. Elle me dégoûte. Au moins autant que mon père.

J'aimerais être capable d'exploser, de lui balancer à la figure tout ce que je sais, tout ce que je ressens, toute ma rage, toute ma haine. Et puis mon malaise d'avoir été trompée, d'avoir été utilisée, ou tout du moins affichée pour protéger leurs mensonges et accréditer leur bonheur factice. Mais jamais je ne trouverai les mots pour lui exprimer mon malaise.

Dans le silence, le four qui chauffe ronronne. Je fixe ma mère qui ne me regarde pas.

Je te hais. Je le hais. Je me hais aussi.

– Avant de prendre froid, tu devrais monter te sécher les cheveux, me dit-elle. Et ne tarde pas. Une pizza maison pour ce soir, ça te va ?

Que puis-je répondre à ça ?

Rien.

Alors je garde le silence et grimpe à l'étage. Plus seule que jamais.

13

Clément rive son regard aux pointillés de la route. Il refuse de tourner la tête, même lorsqu'il sent l'attention de son père posée sur lui.

Ne lui laisser aucune ouverture.

Entretenir ce silence pesant, quoi qu'il en coûte.

Parce que les paroles seraient pires, plus violentes encore que la tempête qui se déchaîne sous son crâne. Entendre son père mettre des mots sur la situation la rendrait plus réelle. Trop réelle. Clément sait qu'il n'échappera pas à la discussion, alors il la repousse le plus longtemps possible, comme un guerrier tentant désespérément de protéger le dernier rempart d'un château déjà aux mains de l'ennemi.

Son père quitte la nationale, emprunte la route qui mène jusque chez eux, tourne dans l'allée. Se gare. Le véhicule de sa mère est là.

À l'instant où le moteur se coupe, Clément saute hors de la voiture et file vers la volée de marches qui mènent à la porte d'entrée.

– Clément ! (Il s'arrête. Les graviers crissent sous les pas de son père.) Clément, s'il te plaît… répète celui-ci avec une douceur étrange.

– Quoi ?

Voix étouffée, rage à fleur de mots.

– Rejoins ta mère dans le salon, veux-tu ?

Il ne veut pas. Il obéit. Il se hait. Clément aimerait avoir le courage de refuser, de se dresser contre son père, d'exprimer l'horreur et la déception amère qu'il lui inspire. Au lieu de quoi il entre et se laisse tomber dans le canapé, les yeux fixés à la moquette.

Sa mère accourt depuis la cuisine. Il la fusille du regard, coupant net son élan. Son expression de soulagement laisse place à un éclat de profonde tristesse voilée de gêne. Cette réaction en apprend plus à Clément que n'importe quel aveu. Sa mère sait pourquoi il a découché. Elle connaît l'existence d'Hélène et celle d'Élise. Depuis longtemps.

Elle s'appuie un instant au plateau de la table, comme si elle allait tomber. Son père entre à son tour dans le salon. Le malaise est si épais qu'il semble ralentir la scène et, dans cette singulière lenteur, chaque geste demande une énergie démesurée. Enfin, ils s'installent dans les fauteuils en face de Clément. Lui les observe, accusateur. La trahison est totale. Ils ont bafoué toutes les valeurs qu'ils disaient mettre au cœur de leurs vies et de cette famille.

– On se doutait que ce moment viendrait, admet son père. J'ai souvent imaginé comment je pourrais t'expliquer… Tu découvres la vérité aujourd'hui, mais c'est de près de vingt ans de vie qu'il s'agit. Il est impossible de les résumer en quelques phrases. Nous avons fait des choix, et nous avons essayé d'en gérer les conséquences du mieux que nous le pouvions. Tu peux les juger bons ou mauvais – mauvais, certainement, de ton point de vue. En réalité, nous… je ne suis pas parfait. Je suis un être humain, Clément. Et la vie n'est pas… comment dire ? Ce n'est jamais ce à quoi on s'attendait. Je ne suis pas l'homme que je croyais être à ton âge ni celui que je pensais devenir. Bref. Mieux vaut commencer par le début. (Il prend une longue inspiration.) J'ai rencontré la mère d'Élise il y a dix-neuf ans, elle venait d'ouvrir son magasin et a été l'une de mes premières clientes. J'étais marié à ta mère depuis deux ans. C'était une période mouvementée pour notre couple, nous avons failli nous séparer. J'ai… j'ai été séduit par Hélène.

« Été séduit. » Comme si ce n'était pas de son fait et qu'il n'y était pour rien. Son père est doué pour se donner le beau rôle. Il aurait dû faire de la politique… Quoique, son métier n'en est pas si éloigné. Il vend l'image d'une marque. Et à cet instant, il vend sa propre image à Clément. Une nouvelle image, qu'il prétend plus sincère que la précédente. Manque de bol,

Clément n'est pas l'un de ses clients, il est son fils, et il ne se laissera pas avoir par ses belles paroles. Parce que celles-ci sonnent comme un discours mille fois répété. Son père dissimule encore, esquive les détails gênants, enjolive. Même ses hésitations semblent fabriquées. Calculées pour l'émouvoir. Clément n'y croit pas un instant.

Il l'écoute lui raconter son histoire avec Hélène, puis comment sa mère est tombée enceinte de Nina et comment cette enfant à venir a peu à peu ressoudé leur couple. Sauf qu'Hélène était enceinte, elle aussi. Il a alors décidé d'assumer les deux enfants, et il a dévoilé à sa femme son aventure. Celle-ci, selon les dires de son père, a « fait preuve d'une grande compréhension ». En d'autres termes, elle ne l'a pas quitté, et a accepté qu'il participe à l'éducation d'Élise. Et Hélène ? Son père couche-t-il toujours avec ? Dort-il dans son lit lorsqu'il est chez elles ?

Oui, Clément écoute son père dérouler le fil de ses mensonges, les poings serrés au fond de ses poches. Pourtant, tout au long de cette explication qui lui lacère le ventre, c'est sa mère qu'il regarde. Elle a baissé les yeux, et la seule émotion qu'il distingue sur son visage est la honte.

Honte de quoi ? Que son mari ait été voir ailleurs ? D'avoir accepté la situation en connaissance de cause ? Que Clément soit au courant ? C'est à son père d'avoir honte de l'avoir placée dans une telle position, pas à elle.

Il a soudain envie de protéger sa mère, de virer leur père de la maison pour la peine qu'il lui a fait subir, de le prendre par le col et de le foutre dehors. Sauf qu'il ne parvient pas à articuler un mot. Alors affronter physiquement son père…

Celui-ci s'est tu et guette une réaction.

Clément détourne les yeux. Ses parents ont toujours semblé si proches, si complices. Est-ce que c'était de la comédie ? Est-ce qu'ils ont feint pour Nina et lui ? Comme les parents de Noah qui sont restés ensemble pour leurs enfants, et puis qui se sont séparés quand même après quelques années ?

– Clément, tente son père, j'aimerais vraiment qu'on puisse en…

– C'est tout ? lâche-t-il d'un ton glacial.

Lentement, son père acquiesce. Il paraît blessé. À quoi s'attendait-il ? À ce que Clément lui dise qu'il comprend et valide d'un sourire les décisions qui ont foutu la vie de sa mère en l'air et sûrement causé le départ de sa sœur ? Sérieusement ?

Pourtant, l'existence d'Hélène et d'Élise n'est pas ce qui dégoûte le plus Clément. Il a soudain besoin que son père le sache. Lui tendre un miroir, le forcer à affronter son reflet véritable.

– Avoir une aventure est une chose, dit-il. Mais garder le secret sur ses conséquences et nous répéter ensuite, jour après jour, pendant des années, que la vérité est ce qui compte le plus dans notre famille, c'est gerbant. Totalement gerbant. Faites ce que je dis, pas ce que je fais. Tu es un putain d'hypocrite, Olivier.

Plus de papa ici. Son prénom, comme une rupture consommée. Clément est presque surpris d'avoir su articuler sa pensée si clairement. Son père ouvre la bouche pour lui répondre. Il l'arrête d'un regard. Et sans un mot de plus, il se lève, monte dans sa chambre, se glisse dans son lit et rabat la couette par-dessus sa tête. Il voudrait pouvoir mettre sa vie sur pause. Ou au moins son cerveau. C'est impossible, bien sûr, et ses pensées tournoient telles les eaux d'un torrent furieux.

Quelques minutes plus tard, on frappe à sa porte. Clément ne répond pas. Quelqu'un entre et s'assied au bord de son lit.

– Mon grand…

Sa mère. Clément tire sur la couette pour dégager son visage et la regarde. Ses yeux sont rougis. Il a envie de lui poser des dizaines de questions, sans y parvenir. La colère noue sa gorge, bloque sa mâchoire, empêchant les mots de sortir. Elle soupire.

– Je comprends que tu aies envie de nous juger. Lui. Moi. Tu es à un âge auquel tu imagines encore qu'une histoire d'amour est simple, évidente. C'est vrai au début. Rarement sur la durée.

Clément secoue la tête. Jusqu'à la disparition de Nina, il admirait ses parents, le couple qu'ils formaient. Exemplaire. Idéal. Le beau surfeur et la bibliothécaire enjouée. Et même après, au début de l'enquête, il avait trouvé un certain réconfort dans leur attitude soudée. Comment les apparences peuvent-elles si bien mentir ?

– Ne te sens pas obligée de le défendre, murmure-t-il.

– Ce n'est pas le cas. J'ai choisi de rester avec lui.

– Pourquoi ?

Elle s'accorde quelques secondes avant de répondre.

– On sait ce qu'on quitte, on ne sait pas ce qu'on trouve. Et j'aurais quitté un homme qui, malgré ses infidélités et sa double vie, a toujours été là pour moi, me soutient quoi qu'il arrive, assume pleinement son rôle de père ; un homme que j'aime et qui m'aime.

– Ça ne suffit pas, maman. S'il t'aimait, il n'aurait jamais…

– C'est plus compliqué que ce que tu imagines. Tu vois la vie en noir et blanc, parce que tu n'as que toi à prendre en compte. Dès que d'autres personnes entrent dans l'équation, des personnes auprès de qui tu t'engages tout entier, des personnes qui dépendent de toi, tu apprends les compromis et, la plupart du temps, tu essayes de trouver ton chemin dans le gris.

Sa peine est si évidente que Clément ne peut s'empêcher de se demander si elle referait le même choix aujourd'hui, en sachant ce que ça lui a coûté.

– Toutes ces années, maman…

– C'était plus difficile au début. Les conditions que j'ai posées, lorsque j'ai accepté que ton père s'investisse dans la vie de son autre fille, étaient qu'il ne néglige jamais notre famille, et qu'on ne parle plus d'elles sauf en cas d'extrême urgence. C'est ce qu'on a fait. Avec le temps, la double vie de ton père est devenue comme une pierre au fond de moi. Je sens son poids en permanence, mais j'en ai pris l'habitude, et le silence m'a aidée à supporter. Je crois que j'ai fini par entrer dans son mensonge. Pour moi aussi, il était à Nantes, chaque début de mois. C'est la seule manière que j'ai trouvée pour me protéger. Même si au fond je savais que c'était faux et que j'ai vécu des moments très durs lorsqu'il n'était pas à la maison. Ce qui est sûr, c'est que je ne veux pas que tu me voies comme une victime. Ni lui comme un bourreau. Ce n'est pas ce que nous sommes.

Clément attrape sa main et la serre. Il s'est toujours senti plus proche de sa mère que de son père. Aujourd'hui, le fossé avec ce dernier est devenu gouffre, et il est plus que jamais connecté à elle.

– C'est pour ça que Nina est partie ?

De nouvelles ondes de tristesse parcourent les traits de sa mère.

– C'est l'hypothèse que ton père a donnée aux policiers. On ne peut pas en être certains, mais elle allait souvent à Bordeaux les dernières semaines avant sa disparition.

Clément passe une main sur son front. Les enquêteurs étaient au courant. Toute cette année, des inconnus en savaient plus que lui sur sa propre famille.

– Et moi ? Vous ne pensez pas que j'aurais dû savoir ?

– Après la disparition de Nina, on… on s'est dit qu'il fallait qu'on t'en parle. On ne voulait pas risquer de te perdre toi aussi. C'est moi qui ai freiné, je n'arrivais pas à… j'étais incapable de provoquer cette discussion.

Clément en sourirait presque s'il n'avait pas autant envie de frapper le mur de toutes ses forces. Il réalise à quel point ils se ressemblent, tous les deux. Ils ne se révoltent qu'en dedans, peinent à exprimer leurs sentiments, évitent de provoquer des discussions nécessaires parce qu'ils n'en ont pas le courage ou la force, parce qu'ils craignent les conséquences. Est-ce un manque de confiance en eux ? La peur de perdre ceux qu'ils aiment – ou sa tranquillité, dans le cas de Clément ? À quel prix ?

Et en même temps, sa mère n'avait pas tort de craindre sa réaction. Hier, en apprenant la vérité, il a pensé partir. Elle a failli le perdre. S'il n'avait pas senti Laz menaçant ce matin, il se serait peut-être laissé tenter par leur existence nomade.

Sa mère quitte sa chambre. Les pensées de Clément dérivent vers Nina. Nina qui a découvert la vérité et qui, au lieu de la partager avec lui, l'a laissé seul ici pour affronter les mensonges de leur famille. Ensemble, ils auraient pu faire front, se soutenir, discuter pour démêler leurs sentiments. Mais elle a choisi de partir. Pas un instant, elle ne s'est préoccupée de lui, de l'impact que son départ aurait sur sa vie. C'est comme s'il ne comptait pas, n'avait aucune espèce d'importance aux yeux de son aînée. Nina n'a pensé qu'à elle.

Clément ramène ses genoux contre sa poitrine. Une rancune sourde monte en lui, se creuse en nid dans son cœur. Il sait déjà qu'il ne pourra plus penser à sa sœur sans qu'elle l'envahisse.

Et au lieu de l'étouffer, il s'y abandonne tout entier.

14

Bordeaux. Samedi.

La douceur donne un avant-goût de printemps. Je ferme les yeux en présentant mon visage au soleil, me laisse bercer par la rumeur de la rue.

Depuis que j'ai découvert l'existence de la deuxième famille de mon père, je ne peux m'empêcher de rappliquer chaque semaine ici. Pour me confronter à cette fille, à défaut de comprendre la situation. Élise. Mon double en quelque sorte, puisque nous n'avons que six mois d'écart, et que nous avons le même père. Des affaires identiques aussi. J'ai vu Élise avec le même ordinateur portable que moi. La même housse avec ses fleurs fluo. Mon père ne s'est pas donné la peine de nous acheter des cadeaux différents. Sous doute a-t-il tout acheté en double. Quel gros naze !

Les premières fois où je suis revenue, j'ai filé cette fille sans jamais la quitter des yeux, à la recherche d'un point commun. Une mimique, un geste, une attitude, une réaction. Quelque chose que nous aurait inculqué notre père, ou que nous aurions reproduit par mimétisme, à force de le côtoyer.

Je n'ai rien remarqué. Rien noté. Rien vu. Cela m'a rassurée.

Alors, je me suis focalisée sur nos différences. Nombreuses. Rarement à mon avantage. Elle a un père formidable, elle. Pas moi. Car il a réservé le mensonge à notre famille. Quand je dis notre famille, c'est à Clément et à moi, puisque notre mère cautionne. À Élise, il dit la vérité.

Je rouvre les yeux, cligne des paupières plusieurs fois pour qu'ils se réhabituent à la forte luminosité. Élise est belle. Citadine. Elle a un père qui l'aime et la respecte.

Je me répète ces mots comme un mantra. Depuis des semaines.

Ces vérités me blessent plus profondément chaque jour.

– T'aurais pas une cigarette ?

L'homme qui se tient devant moi doit traîner dans les rues sa carcasse voûtée depuis des années. Je ne peux m'empêcher de me demander ce qui l'a conduit là. Perte d'emploi. Rupture familiale. Ou bien incapacité à trouver sa place dans ce monde trop sauvage. Peut-être les trois à la fois.

– Désolée, je ne fume pas.

– Désolée, désolée, désolée, répète-t-il sans animosité, de sa bouche en partie édentée. C'est l'mot qu'j'entends l'plus chaque jour. T'aurais pas une tit'pièce ?

Je fouille ma poche, sors ce que j'ai et lui tends. Moins de trois euros. J'ai soudain honte. Il referme sa main sur la monnaie, marmonne un merci et s'éloigne.

Le monde dans lequel on vit est complètement dingue. Au nom d'une norme sociale acceptée par tous, je ne lui ai pas parlé, alors que je suis sûre que ça lui aurait fait plus plaisir que ces pièces. Échanger quelques mots. D'être humain à être humain. Et refuser ce merdier ambiant où chacun calcule sa petite existence dans son coin et en arrive à avoir peur d'afficher ses sentiments. Les gens avancent masqués. La vie ne me semble être qu'un vaste et hideux carnaval dont j'aimerais sortir. N'y a-t-il pas moyen de vivre autrement ? Hors du mensonge ? Hors du *qu'en dira-t-on* ? Hors de la peur permanente du regard et du jugement des autres ? Hors de l'hypocrisie qui nous amène à exister les uns à côté des autres, sans jamais nous connaître vraiment ?

Je suis tentée de héler cet homme, de m'élancer pour le rattraper et lui proposer d'aller boire un café pour discuter, ou simplement partager un moment de silence. Mais je ne bouge pas, et ça me dégoûte. Serais-je comme tous les autres ? J'en veux à la terre entière de m'avoir ainsi formatée et espère un jour trouver la force de me libérer de ces chaînes qui m'empêchent de tendre une main et de passer outre les conventions sociales.

Oui, je me dégoûte.

Pour éviter de vaciller, je marche d'un pas vif en direction du Grand Théâtre. Je me demande ce que je fous à Bordeaux. Voir Élise ? Juste un prétexte. Juste l'occasion de ruminer vis-à-vis d'elle cette haine que je ne suis pas capable de déverser sur mes parents.

Depuis que je sais, mon attitude n'a pas vraiment changé à leur égard. J'affiche la Nina qu'ils ont toujours connue. Une sorte de rempart qui contient mon bouillonnement intérieur. Je suis comme eux, je mens. Et je me dégoûte. Mais procéder autrement reviendrait à lancer les hostilités. Et je ne me sens pas prête pour cela. Je n'en ai même pas envie. À quoi bon déverser ma colère ? Même s'ils admettaient leur faute, quelque chose est désormais détruit, et la discussion briserait nos vies plus profondément encore.

J'imagine la scène d'explication, les flots de larmes, les promesses sincères de tourner le dos au mensonge, les justifications maladroites et autres gestes de tendresse qui sonneraient si faux.

Comment leur faire comprendre qu'il est trop tard ? Que le mal est fait ? Que même s'ils me suppliaient de leur pardonner, rien n'effacerait ces années de mensonge ? Que la confiance ne se décrète pas, et qu'il restera toujours en moi un profond dégoût à leur égard ?

Ils sont l'antithèse de ce que je veux vivre, de la relation que j'ai envie de construire.

J'ai soudain chaud, terriblement soif.

J'emprunte une rue sans savoir où je suis, ni même où elle mène. J'évite les regards des personnes que je croise, préfère baisser la tête. Après une cinquantaine de mètres, je fais demi-tour, sans raison.

Je gagne une petite place, face au cinéma Utopia. J'y avise un banc occupé sur un bord par un garçon. Il doit avoir mon âge. Ce que je remarque d'abord, quand je m'assois, c'est sa maigreur, qui marque son visage et durcit ses traits. Mon premier réflexe est de vouloir partir, mais ma révolte sur la folie de notre société, après avoir croisé le clochard plus tôt, m'interdit de passer à l'acte. Je ne peux pas prôner un monde où on se parlerait, où on balaierait les conventions sociales qui dressent des barrières artificielles et insurmontables entre les individus, et faire le contraire. Alors je reste. Ce n'est pas pour autant que je me tourne vers lui, ou lui adresse la parole. Peut-être que je ne vaux pas mieux que les autres. Pas mieux que mes parents. Peut-être est-ce le monde qui est ainsi, et que c'est moi qui suis décalée, inadaptée. Peut-être que je ne suis pas née dans le bon monde, qu'il en existe d'autres dans des dimensions parallèles et que je ne suis là que par une erreur d'aiguillage.

Égarée sur Terre. Cette idée me plaît.

Oui, j'aime à penser que je suis la représentante d'un univers différent, où la vie est plus belle, plus vraie, où les artifices et les mensonges ont été bannis de toute relation humaine. Une sorte d'utopie. Pourquoi ne pourrions-nous pas tous vivre ainsi ?

Romane serait là, elle me traiterait de naïve. Je l'entends déjà me raconter combien elle trouverait chiant un monde dans lequel on ne pourrait plus dire du mal des autres. Et j'entends aussi l'éclat de rire qui aurait suivi.

– Tu as vu ce type, là-bas ?

Je tourne la tête vers mon voisin, doute un instant qu'il s'adresse à moi. Je remarque ses cheveux bruns presque noirs, ébouriffés sur le dessus de la tête, rasés sur les côtés. Le genre de gars un peu trop branché à mon goût.

Comme je ne réagis pas, il renouvelle, sans me jeter le moindre coup d'œil.

– Le type, là-bas !

Mon regard fait des allers-retours entre lui et ce que je suis censée voir. Rien ne l'agrippe.

– Celui qui lit, précise-t-il.

Effectivement, sur un banc un peu plus loin, je repère un homme, un livre à la main.

– Et alors ?

Cette fois-ci, mon voisin daigne se tourner vers moi.

– Ah, tu n'es pas muette.

Son sourire m'énerve. Je hausse les épaules. Cela ne semble pas l'affecter, même s'il reporte son attention sur ce qui le préoccupe, sans que je comprenne pourquoi.

– Je l'observe depuis plus d'une heure. Dès qu'il a lu quelques pages, il les arrache du livre, les déchire en petits morceaux et les jette dans la poubelle à côté.

À peine mon voisin a-t-il terminé sa phrase que l'homme exécute la série de gestes qu'il vient de décrire.

– Fascinant, lâche-t-il en gardant les yeux rivés sur la scène.

Je suis tentée de dire « Ah bon ? », mais je sens que je vais passer pour une idiote.

Puis l'homme reprend sa lecture, comme si de rien n'était.

– Regarde, il a un sac à dos et des chaussures de randonnée.

Je m'attends à ce qu'il me fasse une description détaillée du reste de la tenue du type, rien ne vient.

– Il doit partir quelque part. Et dans sa lecture, il ne peut pas revenir en arrière puisqu'il a déchiré les pages.

Maintenant, je fixe mon voisin. Là où un autre aurait cherché le contact visuel, lui continue à ne pas bouger.

– Il part, et il ne peut pas revenir en arrière. Fascinant, non ?

Je ne sais pas quoi répondre. Ce qui me captive, moi, c'est que quelqu'un ait pu remarquer ce comportement bizarre au milieu de tous ces passants qui déambulent sur cette place pour gagner une des rues commerçantes voisines.

Puis les mots me viennent.

– Ce que je trouve fascinant, c'est que tu l'aies observé si longtemps et que ça te fascine. N'importe qui d'autre l'aurait pris pour un fou et serait passé à autre chose. Et au bout de deux minutes, l'aurait oublié.

– Peut-être.

– Peut-être quoi ? je demande.

– Qu'il est fou. N'empêche, je trouve ça vraiment fascinant.

Le sourire qui étire sa bouche lui donne un air espiègle d'adolescent malicieux et rêveur. J'oublie ma première impression. Il doit avoir quinze ou seize ans. Pourtant, il paraît tellement plus mature que Clément. Peut-être cette impression vient-elle de cette gravité qui voile ses yeux rieurs.

Quand il me propose d'aller boire un verre, je me lève sans répondre et hoche la tête pour dire oui. Je voudrais trouver le moyen d'arrêter le temps, ou de freiner sa course. Je jette un œil autour de moi. Tout me semble plus simple, plus limpide. Les gens, la ville, l'air, le ciel. Tout. Comme un paysage après l'orage, quand les éléments déchaînés se sont enfin calmés. Je caresse l'espoir qu'un temps nouveau s'ouvre à moi. L'histoire de mon père, mon histoire, celle de ma famille me paraissent plus lointaines. Je pose mon regard sur cet inconnu.

Peut-être est-il magicien, ou bien sorcier. Doué d'un pouvoir extraordinaire, en tout cas. Ange gardien. Oui, ange gardien. C'est le nom qui lui va le mieux.

De longues secondes, je le détaille tandis qu'il observe l'homme au livre.

– Vraiment fascinant, dit-il en quittant enfin le banc.

15

– Tu as trouvé combien au troisième exercice ? s'inquiète Noah.

Clément hausse les épaules. Les maths, ce n'est pas son truc, et il n'avait vraiment pas la tête aux révisions cette semaine. Autant dire qu'il vient de planter en beauté le dernier DS du trimestre. La prof va encore le sermonner. Peu après la disparition de Nina – et ensuite, lors de son entrée en seconde –, ses enseignants se montraient indulgents. À présent, ils ne laissent plus passer la moindre faiblesse sans le prendre à part, comme s'il était de leur devoir de le remettre sur le droit chemin. Ils lui imposent de longs discours sur la nécessité de prendre en main son avenir en se dirigeant « vers une filière porteuse, parce que le surf, ce n'est pas un métier, Clément, même si tu trouves des sponsors.

Nous savons que certains t'ont approché, seulement les sportifs prennent leur retraite très tôt, ils doivent se reconvertir… ».

Bla. Bla. Bla. Clément sait tout ça depuis des années. Et ses mauvaises notes sont le dernier de ses soucis.

Il traverse la cour d'entrée avec Noah, franchit le portail du lycée. Apercevant une silhouette familière, il se fige. Une colère sourde s'enroule dans son ventre.

– Le père de Barbie est garé au bout du parking, indique Noah en pensant qu'il cherche la voiture qui doit les ramener.

– Je vais rentrer en car.

Noah le dévisage, étonné. Andernos-les-Bains, où se situe leur lycée, n'est pas la porte à côté, et les parents de leur petit groupe s'arrangent pour leur éviter le ramassage scolaire qui, parce qu'il s'arrête dans chaque village, met plus d'une heure à atteindre Lacanau.

– Sérieux ? Pourquoi ?

Clément ne répond pas. Là-bas, assise sur un plot, Élise l'a repéré ; elle se lève, esquisse un minuscule salut de la main comme si elle n'osait pas le déranger. Trop tard pour ça.

– C'est qui la grande brune ? insiste Noah en surprenant son geste. Tu la connais d'où ?

– On s'est juste croisés en ville.

– Elle est canon.

– Noah, pas un mot aux autres, OK ? Alex et Barbie deviendraient insupportables.

– Mais tu vas te la faire ?

Clément lève les yeux au ciel. Parfois, Noah est le plus subtil des garçons de la bande, et parfois, il se transforme sans prévenir en gros lourd. Quand il s'agit de filles, par exemple. Nier paraîtrait louche, et Clément n'a aucune envie d'évoquer ce qui le relie à Élise. Il botte en touche.

– On verra, lâche-t-il. À demain.

Clément s'avance droit vers Élise et lui indique sèchement de le suivre.

Ils s'engagent sans un mot sur l'avenue de Bordeaux, parcourent les deux cents premiers mètres au pas de course pour s'éloigner le plus vite possible du lycée. Clément ne veut pas qu'on les voie ensemble. Qu'est-ce qu'elle fout là ? Elle n'a pas le droit de s'immiscer dans sa vie. Il ne veut rien avoir à faire avec elle. Élise colle à ses longues enjambées en lui jetant des coups d'œil prudents. Enfin, il ralentit et se décale pour qu'ils marchent de front.

– Pourquoi tu es venue ?

Élise se mordille l'intérieur de la bouche.

– J'ai toujours eu envie de te connaître, lâche-t-elle.

Il la jauge un instant. Sous la longue frange brune qui lui mange le visage, aucune trace d'ironie, rien qu'une fébrilité qu'elle peine à dissimuler. Élise est sincère. Et pour être honnête, lui aussi s'est posé pas mal de questions sur elle ces derniers jours ; il pourrait en profiter pour en apprendre plus sur cette demi-sœur surprise…

Clément ravale son agacement à la voir forcer ainsi la porte de sa vie. Il s'applique à sourire. Ne parvient à afficher qu'une grimace tordue qui manque de naturel.

– On trace jusqu'à la plage, alors. Il y a un bout de chemin, mais je préfère…

– … éviter de croiser tes potes.

– Ouais.

– Pas de soucis.

S'il y a bien un truc que Clément ne peut pas reprocher à Élise, c'est de se vexer facilement. Il a rarement vu quelqu'un d'aussi conciliant.

Ils descendent l'avenue en silence. Une demi-heure plus tard, ils débouchent sur une large esplanade de pierre claire qui borde la plage, et le bassin d'Arcachon se déploie devant eux, baigné de soleil. Clément avise les bars alentour. *Le New Pub* est ouvert. Le genre d'établissement pour touristes où il est sûr de ne rencontrer personne du lycée. Il consulte Élise du regard.

– Terrasse ? propose-t-elle.

C'est vrai qu'il fait doux. Ils s'installent à une table. L'air oscille entre eux, comme chargé d'électricité dans la lumière orangée. C'est Clément qui se lance.

– Tu m'as reconnu l'autre jour, à la boutique. Comment ça se fait ?

– J'ai toujours su que toi et Nina existiez. Quand j'avais sept ou huit ans, j'ai tanné papa jusqu'à ce qu'il me montre des photos de vous. Après, on en a parlé régulièrement. C'est moi qui provoquais ces discussions. J'aurais voulu te rencontrer bien plus tôt, Clément.

Papa. L'entendre utiliser ce mot le choque. Lui, aurait préféré ne jamais la rencontrer.

Un serveur approche, passe d'une main experte un coup d'éponge sur la table. Clément profite qu'Élise consulte la carte des boissons pour l'observer.

Sous ses grands yeux bruns, sa peau est émiettée de taches de rousseur qui doivent être bien plus marquées en été. Jean slim, pull sage, veste marron passe-partout. Elle est jolie, dans le genre discrète. Pas le type de fille qui sort du lot dans une cour de lycée, mais le jour où un garçon la remarquera, les autres s'apercevront soudain de son existence et se demanderont comment ils ont pu la côtoyer si longtemps sans s'intéresser à elle. Et puis elle a cette curieuse manière de croiser doublement les jambes – une fois au niveau des cuisses, et une autre à hauteur de cheville – qui lui donne un air tout entortillé. Clément ne peut pas s'empêcher de trouver ça mignon. Il cherche une ressemblance avec leur père. La forme de la bouche, peut-être ? Rien d'évident… En revanche, leurs expressions sont si semblables que ç'en est troublant.

Le serveur repart avec leurs commandes – jus d'abricot pour Élise, Coca citron pour Clément.

– Nina, elle était comment ? demande Élise. Son caractère, je veux dire.

Tout l'inverse de toi ! a-t-il envie de crier. Il se détourne pour suivre l'avancée d'un couple sur la jetée. Il n'a pas envie de parler de Nina au passé. Il n'a pas envie de parler de Nina tout court. Sa rancœur est là, à vif, qui fourmille juste sous sa peau.

– Elle était proche de notre père. Il a dû te parler d'elle mieux que je peux le faire. Tu dis que tu as toujours su qu'on existait. Papa, il t'a… reconnue ?

– Non. Je porte le nom de ma mère.

À l'évidence, cette situation l'attriste.

– Je vois.

– Le pire, c'est de devoir garder le secret en dehors de la maison. Petite, je ne comprenais pas pourquoi, mais j'avais déjà intégré le fait que je devais me taire. Auprès de mes amis, auprès de la famille de ma mère, auprès de l'école… Tu sais, les fiches que tu remplis en début d'année. Profession de la mère, profession du père… Néant. Je marque ça, « néant ». Je ne peux pas me résoudre à laisser la case vide, ni à prétexter un père décédé ou disparu, alors que je le vois régulièrement. Donc « néant », ce vide-là, ce silence.

Clément acquiesce. Il ne s'attendait pas à ce qu'Élise se livre autant. C'est comme si elle n'avait aucune barrière et qu'elle le laissait entrer au plus intime de ses pensées. Elle lui fait confiance, d'emblée. Cette intimité soudaine avec une inconnue qui n'en est pas tout à fait une le trouble.

– Et ta mère, elle accepte la situation ?

Élise hausse une épaule.

– Tu sais, je crois que la plus grande peur de ma mère est de le perdre. Elle ne fera rien, n'exigera rien qui puisse entraîner son départ de nos vies. Je ne peux pas dire que je comprenne, mais… Un jour, elle m'a raconté que quand elle est tombée enceinte de lui, elle était sûre qu'il allait partir et que je grandirais sans père. Et il a fait tout l'inverse. Il est resté, il n'a pas quitté sa famille pour autant – comme dit ma mère « ça ne faisait pas partie du contrat de départ entre eux » – et il s'est assuré d'être présent pour nous, de participer à mon éducation. Je crois que chacun s'est débrouillé du mieux qu'il pouvait dans la situation pour… ne pas être un salaud ? Je ne sais pas. Ça me dépasse aussi, tu sais, jamais je ne voudrais vivre une relation de ce genre. Et en même temps, je dis ça, mais si je me retrouve dans la même situation que ma mère, qui sait ?

– Je ne te le souhaite pas.

– Non, c'est clair.

Les paroles d'Élise apaisent un peu la colère qu'il ressent pour son père, car elle le force à se mettre à sa place. Aurait-il mieux agi ? Il n'en sait rien. Il n'aurait pas trompé sa femme, point.

Ouais, facile à dire.

Comme si elle lisait dans son esprit, Élise lance :

– Il est fier de toi, tu sais. Il parle tout le temps de tes exploits en surf.

– Il ne m'a pas vu surfer depuis au moins un an.

– Ça, c'est ce que tu crois ! (Il la dévisage, curieux.) Il va souvent te voir quand tu es à l'eau, sans que tu le saches.

– Sérieux ?

– Ouais. J'aimerais bien te voir surfer, un de ces jours.

Clément sourit. Un vrai sourire, cette fois, qu'elle lui rend aussitôt. Elle porte la paille à ses lèvres, boit une gorgée. Clément l'imite.

Bientôt, ils doivent faire demi-tour pour ne pas rater les derniers cars. Ils échangent leurs numéros, puis Élise insiste pour payer sa part de l'addition, et ils empilent leurs pièces dans la coupelle en plastique. Ils remontent en silence vers le lycée. Le car de Clément est là, sur le point de partir.

– On se revoit vite ? crie-t-elle tandis qu'il court vers le véhicule.

À peine s'est-il assis sur un siège libre que son portable vibre dans la poche de son sac à dos. Un SMS.

> Je sais que ça a été violent pour toi, mais t'as pas idée à quel point je suis heureuse que ce putain de secret ait explosé. Ta sœur.

Clément déglutit. Les braises de sa colère s'embrasent à nouveau. Pour qui se prend-elle ? De l'autre côté de la vitre, Élise le regarde avec un air de défi, téléphone à la main. Le car s'éloigne. Clément compose sa réponse, l'envoie d'une pression du pouce.

Tu n'es pas ma sœur. Nina est ma
sœur. On a rien en commun toi et moi.

Clément aurait aimé voir le visage d'Élise se figer à la lecture de son message. Il a envie de la blesser. Lui faire payer sa propre existence.

La réponse ne se fait pas attendre, cinglante d'ironie.

T'as raison, ouais. On a juste le même
géniteur. Un lien tout à fait négligeable !

16

Il s'appelle Jules. Vient de Toulouse.

Quand il me parle de sa ville, c'est en citant Claude Nougaro dont il est fan, au même titre que Beyoncé et Rihanna, et tout autant que Miles Davis et AC/DC. Époques et genres différents ne l'arrêtent pas. Jules est vraiment à part.

– Pourquoi se limiter à aimer un seul type de musique ?

Sa question me désarme et je ne trouve rien à répondre. D'autant que quand il me fait écouter des extraits de tel ou tel artiste, j'aurais envie d'apprécier, tant il en parle avec enthousiasme. Même si ce ne sont pas forcément mes goûts musicaux. Dans sa bouche, ce ne sont pas de simples morceaux, mais des tranches de vie qu'il replace dans une existence, une période historique, un contexte social. C'est toujours passionnant, souvent beau, jamais pédant.

Depuis notre première rencontre – c'est déjà la troisième en quinze jours – je n'ai pas appris grand-chose à son sujet. Je sais qu'il a dix-huit ans et demi. J'ai eu envie de sourire quand il a précisé « et demi ». C'est presque puéril, pourtant il a une expérience et un recul sur la vie, les choses et les gens, qui donnent l'impression qu'il a vécu longtemps, ou même plusieurs vies. Je ne peux m'empêcher de faire un nouveau parallèle avec Clément. Mon frère paraît si gamin à côté de lui. Leurs quatre ans d'écart n'expliquent pas tout. Cette réflexion ramène des pensées sombres que je repousse avec fermeté. Je ne laisserai pas ma… euh… famille gâcher ces moments.

Jules m'a glissé, un, qu'il est gay, deux, qu'il rêve de devenir architecte pour proposer des habitations et des bureaux qui soient de véritables lieux de vie et d'épanouissement.

Là aussi il a des références.

– Si j'avais mes livres avec moi, je te montrerais.

– Ils sont où ?

Jules ne me répond pas, passe en un instant de la lumière à l'ombre. J'ai l'impression de ne plus avoir la même personne en face de moi. Cela ne dure pas plus d'une poignée de secondes, et je n'ai pas le temps de tenter de déchiffrer ses craintes. Il me raconte ses voyages à Paris, Barcelone, Milan et Berlin. Il me décrit les bâtiments, les édifices remarquables, l'organisation de ces villes, ce que cela implique sur la circulation d'un quartier à l'autre et l'organisation sociale.

Quand il me parle de tout cela, il rayonne. Il irradie, même, et cela me réchauffe.

Je partage ma passion pour le street art, lui montre les centaines de photos stockées sur mon portable. Il s'attarde sur une série de trompe-l'œil où l'on voit des personnages déchirer les murs pour dévoiler là un paysage de mer, ailleurs un arc-en-ciel ou bien une scène surgie d'un monde imaginaire. À leur vue, il ne peut contenir un sourire.

– Oui, tous ces graffs donnent une âme nouvelle à la ville qui parfois s'encroûte, comme tous ces gens qui se laissent bouffer par leurs principes et oublient de vivre. Tu as raison. Le street art est l'avenir de l'architecture. L'éphémère, pour sublimer les bâtiments construits pour durer. Ensemble on va bâtir des villes d'un nouveau genre. Vivantes et ouvertes, où chacun aura sa place.

Je lui pose des questions, avance vers lui à tâtons. Dès que je rôde un peu trop près de son intimité, un voile sombre éclipse la lumière dans ses yeux. Alors il fait une pirouette, rebondit sur un autre sujet, ou bien sur un détail qu'il saisit dans la rue. Je comprends le signal et passe à autre chose, reviens à ce que nous aimons, et pas à ce que nous sommes.

Je dois apprendre à respecter ses silences, à savoir jusqu'où je peux m'aventurer sur son territoire personnel, à deviner où est la limite. Cette découverte est une aventure. Avec Jules, je suis comme une exploratrice.

Dans un coin de ma tête, je ne peux m'empêcher de me demander ce qui le tourmente. Car c'est bien cela que je sens. Mais jamais je ne lui poserai la question, de peur de l'effrayer et qu'il fuie. Non, je ne veux pas qu'il s'éloigne. Jules m'est devenu indispensable. Une force incroyable nous relie, et me nourrit.

Jules aime qu'on se retrouve dans un de ces cafés populaires du quartier Saint-Michel. Au cœur d'un dédale de rues étroites qui sentent encore l'histoire des siècles passés.

– Ce n'est pas un hasard si *Les Misérables*, *Valmont* et *La reine Margot* ont été tournés là.

Il me cite d'autres titres de films que je n'ai pas vus, des noms de réalisateurs dont je n'ai jamais entendu parler. Rien qu'en l'écoutant, je me sens moins bête. Des pans entiers de vie s'ouvrent à moi, dont j'ignorais jusque-là l'existence.

– J'aime les endroits cosmopolites, me dit-il en détaillant les passants aux origines diverses qui déambulent dans la rue. C'est si énergisant.

Puis il se tait et observe, de longues minutes. Je ne peux m'empêcher de penser qu'il voit autre chose que ce que je peux voir, moi. Il semble avoir accès à une autre dimension, qui m'est totalement inconnue.

Il hèle le serveur, commande un nouveau café qu'il veut serré, comme les précédents.

– Ça ne te fait rien ? je lui demande.

– Non, regarde.

Il tire sur sa manche, tend sa main, doigts écartés. Elle demeure parfaitement immobile, sans le moindre tremblement.

Avec Jules, tout semble si facile. Nous parlons de ce que nous aimons, de nos rêves, de nos coups de cœur. À aucun moment je n'ai de crainte sur ce qu'il pourrait penser, sur la manière dont il pourrait réagir, ou juger ce que je dis. Car, justement, il ne juge pas. Il aime simplement comprendre pourquoi j'aime telle ou telle chose.

Une nouvelle fois, un fragment de ma vie traverse mon esprit, comme le ferait un avion de chasse dans un ciel clair. Fulgurant. Strident. Agressif. Incongru. C'est Élise. L'autre. La fille de mon père. J'ai tellement plus en commun avec Jules qu'avec cette demi-sœur que je n'ai pas demandée. Jusqu'à maintenant, j'étais convaincue que les liens familiaux étaient ce qu'il y a de plus fort. Je sais aujourd'hui affirmer qu'il n'en est rien. Avoir des gènes communs ne suffit pas à relier solidement des individus. La preuve.

De ce qui m'arrive, je n'ai rien raconté à Jules, et je ne sais pas encore si je le ferai. Ce qui importe, c'est lui, moi, nos deux personnes dans notre rapport aux autres et au monde. Avec lui, je me sens adulte, libérée des chaînes familiales. Pourtant, je ne résiste pas à l'envie d'avoir son avis sur les liens du sang, comme on dit, alors je profite d'un moment où le silence nous unit, avec une intensité plus forte que les mots, pour lui poser la question.

– Tu penses quoi de… la famille ?

Son visage instantanément se ferme, devient plus sombre qu'un soir d'orage. Sa mâchoire se crispe et il baisse la tête, perd son regard dans sa tasse vide.

Je peux observer les mouvements nerveux de ses muscles sous la peau de ses joues. Je ne sais plus quoi faire. Qu'ai-je touché ? Je panique, tends ma main dans sa direction, l'arrête avant de l'effleurer. Des mots ? Je n'en ai pas.

– Je… excuse-moi… je suis désolée.

Ma main est toujours en suspens au-dessus de la table, à mi-chemin entre nous deux. Si je le connaissais plus, je la passerais dans ses cheveux, sur sa joue, dans son cou.

Ce que je dis est débile, creux, tellement éloigné de la force qu'il dégageait il y a quelques minutes encore.

– Je suis désolée, je répète. Désolée.

Mes efforts sont aussi vains que si je cherchais à retenir de l'eau ou du sable dans mon poing serré. Jules n'est plus là. Son corps oui, vide de son âme généreuse, passionnée, mais aussi enflammée.

Puis il redresse la tête.

– La famille, dit-il en tentant de sourire.

– Tu n'es pas obligé de m'en parler.

– Quand j'ai annoncé à mes parents que j'étais homo, ils se sont d'abord murés dans le silence, comme s'ils n'avaient pas entendu ce que je leur avais dit. Ils ont tourné les talons, m'ont planté dans la cuisine, seul, sont allés s'enfermer dans leur chambre. Je les ai entendus chuchoter, sans m'inquiéter beaucoup. Ils ont téléphoné aussi. Je me disais qu'ils avaient besoin d'un peu de temps pour digérer la nouvelle, besoin d'en parler.

Le silence retombe. Les yeux de Jules sont mouillés par les larmes, mais aucune ne bascule sur ses joues.

Je n'ose plus bouger.

Les mots restent bloqués dans sa gorge. Cette fois, j'attrape sa main, en caresse la paume de mon pouce. Elle est froide, presque fragile. Puis il se ressaisit.

– Ils sont ressortis de leur chambre moins d'une heure plus tard. Leurs regards avaient changé. L'étonnement s'était mué en une sorte de dureté glaciale. Je n'ai pas tout de suite compris que c'était du dégoût, de la répulsion.

Il tente une nouvelle fois de sourire, n'affiche qu'une grimace triste.

– Mon père a parlé le premier, avec ma mère à côté de lui qui secouait la tête comme un de ces chiens en plastique qu'on trouve parfois sur la plage arrière des voitures. Elle approuvait tout ce qu'il disait.

Il me raconte la suite de la conversation. « Il existe de très bons psys. On va te prendre rendez-vous pour te sortir de là. » « Mais je ne suis pas malade. » « Écoute, Jules. Aimer un autre homme n'a rien de… normal. »

« Je n'ai pas choisi d'être gay. J'ai juste décidé de l'accepter et de le vivre ! » « C'est contre nature. Est-ce que tu te rends compte que tu pourrais détruire notre famille ? »

Anormal. Malade. Des mots qu'il a vécus comme des insultes, ressentis comme des blessures. Sa mère lui a tendu une liste. Une dizaine de noms, avec les adresses et les numéros de téléphone. Des psys, que lui avait conseillés une amie.

– Puis mon père s'est tu, sans doute pour me laisser le temps de digérer la nouvelle, poursuit Jules.

– C'est pas possible, je murmure en secouant la tête de droite à gauche.

Je ne sais pas ce qui me choque le plus dans ce qu'il vient de me raconter. Le coup des psys ou bien l'accusation de détruire leur famille.

Je l'interroge du regard.

– J'ai refusé d'aller voir leurs psys.

– Tu as bien fait !

Jules se redresse sur sa chaise, adopte une attitude arrogante et méprisante.

– Puisque tu es majeur, va vivre ça ailleurs. Le jour où tu seras revenu à la raison, tu pourras rentrer. Mais d'ici là, considère que tu n'es plus notre fils. Car notre fils ne peut pas être… homosexuel.

J'imagine que c'est son père qui a prononcé ces mots.

– Ta mère n'a pas protesté ?

Pour l'imiter, il hoche la tête à la manière du fameux chien en plastique.

– Tu as des frères et sœurs ?

– Non. Et plus de parents désormais.

– Ça s'est passé il y a longtemps ?

– Quatre mois et treize jours.

Ce décompte précis me glace.

– Tu n'as pas tenté d'en rediscuter avec eux ?

– J'ai appris qu'ils racontent tout un tas de craques à leurs amis. Tu penses. Ils ont tellement peur du *qu'en-dira-t-on*. Officiellement, je suis en pension en Suisse. Voilà ce qu'ils disent.

Je ressens le même sentiment de trahison de la part de ses parents, et des miens. Même si nos histoires n'ont pas grand-chose à voir.

Jules renifle, et cette fois-ci parvient à sourire.

– Les animaux font des bébés, comme les humains. Mais eux, ils leur foutent la paix. Dès qu'ils sont autonomes, ils les laissent partir, et même les oublient. Pas de dépendance. Pas de contrôle. Chacun sa vie. Chacun sa liberté. On a beaucoup à apprendre des bêtes.

17

Clément relit pour la millième fois le dernier SMS d'Élise. Elle n'a pas donné signe de vie depuis leur séparation houleuse à l'arrêt de car il y a cinq jours. En même temps, vu comment Clément l'a traitée, il n'aurait pas repris contact non plus, à sa place.

Tu n'es pas ma sœur.

Qu'est-ce que c'est, une sœur ? Quelqu'un qui a plus ou moins les mêmes gènes que vous ? Quelqu'un qui a les mêmes parents ? Un même parent ? Quelqu'un qui a été élevé par les mêmes personnes ? Quelqu'un qui a grandi avec vous ? Quelqu'un qui partage les mêmes valeurs ? Quelqu'un sur qui on pourra toujours compter ?

Il ne peut plus compter sur Nina. Est-elle encore sa sœur ?

Ces questions le hantent. Même si Clément a rejeté Élise, il a ressenti une connexion avec elle. Un lien inexplicable, dont il ne veut pas, mais qui existe malgré lui. Qui existe parce qu'il *sait.* Ils ont le même père. Cette vérité-là est indéniable.

Il compose un message. L'efface. Recommence.

Faire simple.

J'ai été un crétin.

Le cœur battant sans savoir pourquoi, il l'envoie. Son téléphone vibre moins d'une minute plus tard.

Non. T'as été un connard.

Il ne l'a pas volé. Et en dépit du ton buté d'Élise, avoir reçu une réponse aussi vite lui dessine un sourire.

OK. J'ai été un crétin ET un connard.
Tu fais quoi ?

Je sors de mon cours de musique.

Immédiatement, il l'imagine sur scène, un projecteur découpant sa silhouette mystérieuse en contre-jour, une foule dansant devant elle.

Tu joues d'un instrument ?

Ouais. Flûte traversière

Ah. Pas idéal dans un groupe
de rock…

Tu serais surpris.

Tu joues dans un groupe ???

Nan ! J'rigole ! Mais y aurait sûrement
moyen, si je voulais.

Le sourire de Clément refuse de quitter ses lèvres. Durant des heures, ils parlent de tout et de rien. C'est à peine si la conversation s'interrompt pendant la nuit, et dès qu'il ouvre un œil le lendemain, il attrape son téléphone pour la poursuivre.

Élise se révèle joyeuse et touchante. Ses élans de sincérité absolue arrachent à Clément des frissons d'insouciance. Il devient accro à ces échanges quotidiens, sursaute à chaque vibration du téléphone, rumine sa déception lorsque le message reçu ne provient pas d'Élise.

C'est étrange, se dit-il après plusieurs jours à ce régime. Perdre une sœur, en retrouver une autre. Élise ne peut pas remplacer Nina, bien sûr, mais… elle est là, elle. Elle ne l'a pas abandonné, et elle s'intéresse à lui. Au milieu de cette tornade émotionnelle qu'est devenue sa vie, apprendre à connaître Élise lui fait un bien fou.

Tu voulais me voir surfer ? lui envoie-t-il début mars, à la veille des vacances.

Grave ! Quand ?

La vague approche.

Clément et Noah rament de toutes leurs forces vers la plage. À l'instant où l'eau les soulève, ils bondissent simultanément sur leurs planches et dévalent la pente mouvante. Clément infléchit sa course pour atteindre le côté de Noah. Ils sont si proches qu'à la moindre erreur, ils se retrouveraient tous les deux projetés hors de leurs surfs. Mais ils se connaissent, et ils ont une longue habitude de cet exercice. Après quelques secondes, ils s'attrapent par les poignets, posent chacun un pied sur la planche de l'autre. Noah pousse un cri de guerre joyeux qui se perd dans les fracas de l'océan. Clément les entraîne plus loin sur la droite, en direction de la silhouette qui sautille sur le rivage, un appareil photo à la main. Ils lui font signe. Soudain, leur vague se brise derrière eux. Ils plongent dans l'écume.

Dès qu'ils refont surface, ils s'allongent sur leurs surfs et se laissent porter jusqu'au sable.

– Alors ? demande Noah.

– Nickel ! s'exclame Élise en lui montrant l'écran de son appareil.

Clément se glisse à côté d'eux. Elle a réussi à les photographier juste au moment où ils levaient la main dans sa direction. L'image est belle.

– Bien joué, dit-il.

La première fois qu'elle est venue, au début des vacances, les amis de Clément l'ont regardée de travers. Mais à l'instant où elle a dégainé son appareil photo, tous se sont mis à parader et à lui faire les yeux doux pour qu'elle les shoote, et elle est parvenue sans peine à se faire une place dans leur petite bande. Évidemment, ils ignorent qu'elle a deux ans de plus qu'eux et pensent que Clément et elle sont ensemble, ce qui les fait rire et les gêne à la fois.

– On en refait une dernière ? propose Noah.

– Vite, alors ! les presse Élise. Le soleil est presque couché.

Leurs planches sous le bras, ils courent vers les vagues.

– Tu te l'es faite, alors ? crie Noah.

– Ferme-la ! C'est pas comme ça avec Élise. On est amis.

– C'est elle qui le dit, ou toi ?

– Les deux.

– Ah merde, tu t'es fait friendzoner… La friendzone, on n'en sort jamais, mec, c'est mort.

Clément secoue la tête, amusé. Noah a un tas de théories sur les filles, bien qu'il n'ait jamais été plus loin qu'un baiser.

– Tu devrais t'entraîner au lieu de balancer des conneries.

– Bah, c'est pas comme si j'avais une chance…

La coupe de France de surf commence mi-avril, dans deux semaines, à Biarritz. Les compétitions s'étaleront ensuite jusqu'en octobre, et il ne faut pas en rater pour cumuler le plus de points possible. L'an passé, Clément avait bien démarré la saison, et il a abandonné en cours à cause de la disparition de Nina. Alex, qui a pour la première fois participé à l'ensemble des manifestations, a su tirer son épingle du jeu en terminant vingt-troisième de la catégorie Surf Espoir. Barbie et Noah, eux, n'ont pas réussi à se hisser dans le Top 50. Clément hésite à concourir cette année. Il a cessé de s'entraîner avec le club depuis des mois et n'est pas au mieux de ses capacités.

– Tu devrais te concentrer sur le longboard, lance-t-il en retrouvant Noah au-delà de la barre. C'est ton point fort.

– Quelle que soit la planche que j'ai sous les pieds, dès que j'ai un dossard sur le dos, je panique. C'est pas grave, tu sais. J'aime surfer, mais la compète c'est pas mon truc.

Drôle comme un défaut dans la vie peut parfois devenir un avantage lors d'une compétition. Clément contient trop ses émotions. Du coup, son atout par rapport aux autres adolescents de sa catégorie, c'est qu'il ne craque jamais sous la pression. Gagner ne lui importe que parce qu'il veut devenir pro. Si ça ne tenait qu'à lui, s'il voyait un autre métier qui l'attire autant, lui aussi se contenterait d'une pratique en amateur. Sauf qu'il ne parvient pas à imaginer un futur différent. Il supporte le lycée car il sait que les cours prendront fin d'ici quelques années, mais il deviendrait fou s'il devait passer sa vie entière dans un bureau.

– Vague ! le prévient Noah.

Clément rétropédale pour se placer à côté de lui, et, d'un même mouvement, ils s'élancent vers la côte.

Les garçons remontent les uns après les autres vers l'éboulis de roches qui sépare la plage de la promenade. Au lieu de se sécher en se gavant de biscuits, ils s'approchent d'Élise pour regarder les photos de la session. Il a beau faire froid, Clément remarque que ses amis se hâtent moins pour se rhabiller depuis qu'Élise traîne dans les parages. Ils exhibent, mine de rien, leurs abdos, et se débrouillent pour qu'elle les remarque. Cette attitude l'agace. Il enfile son pull, puis jette une serviette à Alex, assortie d'un :

– Ce serait con de tomber malade en début de saison.

Celui-ci lui lance un coup d'œil étonné, mais se frictionne. Comment peut-il être *étonné* s'il pense que Clément est en couple avec Élise, sérieusement ? Envahi par une colère qu'il a du mal à analyser, Clément s'éloigne pour ranger sa planche dans la housse.

Il aime vraiment bien Élise. Il a beaucoup appris sur leur père au cours de leurs conversations, et il aurait à présent du mal à se passer de leurs nombreux échanges sms. Au début, il était ravi qu'elle le rejoigne à Lacanau et se montre aussi enthousiaste à propos de ses performances sportives. Il était avide d'explorer leur lien naissant, touché de sentir son attention. Pourtant, les vacances aidant, Élise s'est pointée presque tous les jours depuis deux semaines, et il n'est plus certain d'apprécier de la voir si souvent au milieu de ses potes. Sa présence change l'ambiance de la bande.

– Tu as du nouveau, pour Nina ?

Il se retourne. Romane est arrivée sans qu'il l'entende. Ses courtes mèches blondes volettent dans la brise.

– Salut, lâche-t-il pour éviter de répondre.

– Hey frangine, tu me ramènes ? s'exclame Alex, à quelques mètres de là.

Elle lève le pouce dans sa direction sans lâcher Clément des yeux. Son regard est dur, accusateur, il ne parvient pas à le soutenir. Il remarque la clé dans sa main.

– Tu as eu ta voiture. Bon anniversaire. Et… bravo pour le permis, j'imagine ?

– Romane, on y va ? J'me les pèle !

Celle-ci fait taire son frère d'un geste autoritaire dont Nina aurait été capable. Cette ressemblance entre les deux amies noue le ventre de Clément.

– C'est à toi que Nina a adressé cette lettre, Clément, dit-elle en appuyant un doigt sur son torse. À personne d'autre.

Puis elle fait volte-face, remonte la pente de béton qui rejoint la promenade et disparaît, Alex courant derrière elle avec son surf sous le bras.

Clément glisse sa combinaison et sa serviette trempées dans la housse de sa planche et s'assoit à côté. Les autres le saluent. Sans réaction de sa part, ils s'éloignent. Leurs voix disparaissent en contre-haut dans un vrombissement de scooters. Seuls restent Noah et Élise. Le premier se laisse tomber près de lui et s'allonge, une serviette en guise d'oreiller. La deuxième s'accroupit devant eux.

– Je ne peux pas venir, demain.

Il tente de masquer son soulagement.

– Dommage. Une autre fois.

– Ouais. Avec la rentrée, ça ne va pas être tout de suite. On se tient au courant ?

– Super.

Ils se font la bise, et Élise s'en va à son tour.

Clément la suit des yeux. Élise est gentille, attentive, jolie. Seulement, elle n'est pas Nina. Les piques de sa grande sœur lui manquent, cette manière unique qu'elle avait de se moquer de lui, si drôle qu'il était impossible de se fâcher. Et le reste aussi. Nina est la seule personne de son âge à avoir partagé depuis toujours les milliers de moments minuscules qui l'ont façonné tel qu'il est aujourd'hui. Elle est la seule à savoir leurs jeux, leurs rires, leurs cris, leurs engueulades, leur quotidien, leurs traditions familiales… Elle est le seul autre témoin de leur enfance. Son absence lui pèse, soudain, et la culpabilité d'avoir cessé ses recherches, comme si Élise pouvait la remplacer, le frappe de plein fouet.

Car s'il sait pourquoi Nina est partie et qu'il ne croit plus à la thèse du suicide, il ignore où elle se trouve.

Pour la première fois, il comprend son père quand il dit avoir besoin de tourner la page. Mais la seule façon pour Clément d'y parvenir, c'est de découvrir ce qui est arrivé. Dans un mois maintenant, Nina aura dix-huit ans. Elle pourra ouvrir un compte en banque, louer un appartement, travailler. Elle pourra se construire une existence loin de sa famille et ne jamais revenir. S'il ne la trouve pas d'ici là, il cessera de la chercher. Mais dans l'intervalle…

– Tu vas le cracher, dis ?

Clément jette un coup d'œil surpris à Noah.

– Cracher quoi ?

– Ce qui te bouffe. Raconte.

Clément sourit. Noah est le frère qu'il n'a jamais eu – enfin, à sa connaissance, parce qu'après la découverte d'Élise, il n'est plus à un frère ou une sœur près. Ou du moins, il l'aime comme tel. Alors s'il peut partager ses soucis avec quelqu'un, c'est bien avec lui. D'une voix calme, il raconte ses découvertes des dernières semaines.

– Élise est ta sœur ? l’interrompt Noah après dix minutes de monologue. Waouh. C’est encore pire que la friendzone, en fait ! Plus mort tu meurs.

– Plus mort tu meurs ? ironise Clément.

– Bah, tu vois ce que je veux dire. Qu’est-ce que tu vas faire, pour Nina ?

– La chercher.

Noah laisse échapper un étrange bruit de bouche, comme une ponctuation pour sceller la décision de Clément. Celui-ci observe un instant l’écume blanche des vagues qui semble presque phosphorescente dans le crépuscule, avant d’ajouter :

– La chercher, et la trouver.

18

Complètement essoufflée, j'atteins le sommet de la dune qui borde la plage sud. Malgré le beau temps, le lieu est désert. Une brise fraîche venue du large met à mal la douceur.

Je me sens comme ce mince ruban de sable coincé entre l'immensité bleue de l'océan et la masse verte infinie de la forêt de pins. Assailli par la houle qui le grignote toujours un peu plus à chaque tempête. Bloqué par les pins, les oyats et les genêts qui ont été plantés pour fixer les dunes et empêcher le sable d'avaler les villages trop proches. Oui, je me sens comme ce cordon dunaire dont on dit qu'avec la montée de l'océan, il ne résistera pas bien longtemps et disparaîtra.

Je regarde ce coin de Lacanau qui finira un jour sous les eaux.

Les mains dans les poches, je rejoins la ville, passe devant les camps de vacances vides à cette époque, comme bon nombre de maisons et d'appartements. Des volets clos. Partout.

Ces lieux me sont familiers, pourtant rien ne me semble plus pareil. Je suis étrangement détachée, comme si tout ceci ne faisait plus partie de ma vie.

Jules occupe mon esprit jour et nuit. J'ai l'impression d'avoir rencontré mon double. Mais un double qui m'ouvre les yeux sur la vie et le monde qui nous entoure et nous étouffe. Avec lui, la pensée n'est jamais immobile. Questionnements et doutes se mêlent, se confrontent et s'attisent. Je me rends compte que j'ai vécu jusque-là comme un automate. Comme tous ceux qui ont accepté le modèle qu'on nous propose. Courir après le temps, enchaîner les activités, consommer, me désintéresser de l'état du monde, ou tout du moins devenir presque indifférente. Me suis-je jamais réellement interrogée sur ce que veulent dire *aimer* et *vivre* ? Non. Pas une seule fois. Même quand je suis tombée amoureuse ou ai eu des copains. J'ai grandi sans vraiment me poser de questions.

Mais existe-t-il une place pour ceux qui voudraient vivre autrement ? Cette interrogation a occupé plusieurs de nos conversations. Jules n'est pas très optimiste à ce sujet. Moi non plus.

Je longe la masse des immeubles qui règnent en maîtres sur la dune, comme un pack d'avants dans un stade de rugby, juste avant la mêlée. Malgré leur masse colossale de béton, eux aussi disparaîtront un jour, quand les vagues auront grignoté la dune sur laquelle ils reposent.

Je les imagine basculer, emportant les décennies de souvenirs accumulés par tous ceux qui se seront succédé dans ces étages. Tous ces touristes qui petit-déjeunaient face à l'océan en attendant que le soleil grimpe suffisamment haut dans le ciel pour descendre griller sur la plage. Des touristes qui avaient, pour unique souhait, de revenir l'année suivante.

Je presse le pas, gagne la rue commerçante. Là aussi, les boutiques sont fermées. Leurs propriétaires sont sans doute en vacances sous d'autres latitudes où la mer est plus chaude, ou bien sont-ils en Chine ou ailleurs à traquer le gadget ou le vêtement avec lequel ils espèrent faire un carton l'été prochain, indifférents au sort des gamins qui travaillent dans les usines.

Il y a toujours pire ailleurs. Cela ne suffit pas à me consoler. À bien y penser, ces enfants ouvriers ont eux aussi été trahis. Par des adultes dont le seul objectif est la conquête des richesses et du pouvoir. Conquête qu'ils enrobent dans des slogans cyniques pour tous nous endormir. *On vous doit la vérité.* Je comprends mieux ceux qui entrent en résistance dans les ZAD et mènent des actions violentes pour tenter de faire changer les choses. Peut-être est-ce là que je dois aller pour redonner du sens à ma vie.

À la terrasse d'un café, quelques vieux habitués boivent un café, le journal *Sud-Ouest* à la main. Plus loin, deux autres sont accoudés à une ancienne barrique à vin et dégustent quelques huîtres en braillant des vannes. Ici, on n'a pas peur de manger des huîtres à dix heures du matin. Je songe aux moments partagés là avec ma mère, rien que toutes les deux, où je lui parlais de mes rencontres et de mes sentiments parfois si confus à propos de garçons. Autour de ces huîtres, j'ai guetté les signes de réconfort quand je venais de vivre une déception trop lourde à porter, j'ai attendu ses conseils puisqu'elle était parvenue à mes yeux à construire le couple parfait.

– Nina ?

Quand je me retourne, je découvre Maximilien le bras levé. Maximilien est le ténébreux de ma classe, avec qui Romane essaye de me caser. Il est assis dans un fauteuil bas, un livre posé devant lui. Mon premier réflexe serait de me défiler, mais je me ravise. Je le trouve beau. Avec son regard d'où émerge une apaisante sérénité. Il n'y a aucune tension dans son visage, ni aucune gêne. Il paraît être dans l'instant, imperméable à tout, comme si être simplement lui-même suffisait à l'équilibrer. Cela tranche avec moi qui suis en train de perdre pied.

Alors que je me tiens figée à l'observer, il tire le fauteuil à côté de lui pour m'inviter à le rejoindre, se lève déjà pour me faire la bise.

– Salut Max.

– Eh bien, on a fini par se rencontrer, lâche-t-il dans un sourire.

Face à ma surprise, il poursuit :

– Romane m'a glissé que je ne te laisse pas insensible.

Elle l'a donc fait ! Intérieurement, je fulmine. Elle n'a pas pu s'empêcher. Je voudrais lui demander ce qu'elle lui a raconté, mais ce serait me mettre dans une situation gênante. J'ai bien fait de ne pas parler à Romane de ce que j'ai découvert sur ma famille. Je n'ose imaginer le bazar qu'elle aurait foutu en débarquant voir mon père pour lui dire combien je souffre. Elle en aurait été capable. Tout ça pour m'aider, pense-t-elle. Parfois, elle est complètement à côté de la plaque. Mais je l'aime tant. Et elle me manque. Même si je garde mes distances avec elle, car je n'ai vraiment pas besoin qu'elle vienne s'immiscer dans mes problèmes.

Maximilien guette ma réaction.

– J'aime bien rencontrer des gens différents, j'affirme simplement.

Je suis assez fière de ma réponse. J'espère juste que mon désarroi n'est pas trop visible.

– Je suis si différent des autres ? minaude-t-il, avec un air faussement étonné.

Je sens qu'il a envie de s'amuser, peut-être même cherche-t-il le compliment.

De la main, je désigne son livre.

– Ici, ce sont plutôt des surfs que les gens exhibent. Tous tes potes en font, non ?

– Et alors ?

Par chance, le serveur débarque et me demande ce que je veux. Je gagne une poignée de secondes pour réfléchir à une réponse pas trop nulle.

– Un café allongé, s'il vous plaît.

– Ça roule, dit-il en tournant les talons.

Durant tout ce laps de temps, Maximilien ne m'a pas lâchée du regard.

Je lance :

– Il y a des âges où on n'est pas tendres entre nous. Alors je me dis que ça n'a pas dû être facile tous les jours.

Maximilien opine et reporte son regard sur son livre.

– Faut savoir ce qu'on veut dans la vie, et pourquoi on le fait. Les autres ne doivent pas être là pour dicter mes choix, affirme-t-il.

Ce discours fait écho à celui de Jules. Je ne peux m'empêcher de penser que ce n'est pas un hasard. Maximilien est une sorte de version solide de Jules, que le dégoût que lui vouent ses parents a tant fragilisé.

– J'aime le poker, me lance-t-il en guettant ma réaction.

Je dois faire une grimace car il lâche un rire discret. À son image.

– Le poker, c'est comme la vie. Tu as des cartes en main, sans vraiment savoir ce qu'elles valent puisque tu ne connais pas le jeu des autres. Et puis ce n'est pas forcément celui qui a le meilleur jeu qui gagne.

– Tu crois au hasard ?

– Le poker n'est pas qu'un jeu de hasard. Si tu veux progresser, il faut apprendre à se connaître. Ses points forts, ses failles. Il faut comprendre sa propre personnalité dans les moindres détails, et être capable de débusquer celle des autres. J'apprends tous les jours. C'est ce que j'aime avec ce jeu. Je peux même dire que le poker a changé ma façon d'analyser la vie. Mais j'imagine que pour un sportif, c'est pareil. Et toi, qu'est-ce qui te construit ?

Il me fixe sans ciller, attend ma réponse.

Maximilien est tel que je l'imaginais. Un mental fort. Une belle assurance. Un garçon qui croit en lui, sans avoir la grosse tête.

Je baisse mon regard. Soutenir le sien m'est impossible. Je ne veux pas qu'il voie à quel point il me trouble. Je repense aux huîtres, à ma mère. Maximilien aurait pu être un excellent sujet d'échange avec ma mère. Autour d'une douzaine d'huîtres. Pour qu'elle m'aide à faire la part des choses entre le désir qu'il éveille en moi et l'intérêt intellectuel qu'il suscite. Mais ça, c'était avant.

– Ton jeu est celui que tu décides d'avoir, reprend-il. Au poker, on peut gagner avec une quinte flush, comme avec une paire de huit.

C'est sans doute avec quelqu'un comme lui que je pourrais évoquer ma situation familiale. Avec le recul qu'il semble avoir, il saura m'écouter, peut-être me conseiller.

– Et les livres dans tout ça ? je l'interroge.

– Ils permettent d'expérimenter tout ce qu'on n'aura pas le temps de vivre. J'aime lire. Depuis toujours.

– Et tes potes ne t'ont jamais mis en boîte pour ça ?

– Lire n'a jamais empêché de se servir de ses poings, lance-t-il.

– *Ses poings* ? je répète.

Il a un petit rire amusé.

– Vu le nombre de fois où je me suis fait traiter d'homo, il a bien fallu que je réagisse.

Je me raidis.

– *Homo* n'est pas une insulte !

Mon ton est vif. Sans doute un peu trop.

– Peut-être, mais y a mieux tout de même.

– Mieux ? Parce que tu penses qu'être gay c'est moins bien qu'être hétéro ?

– T'emballe pas ! Je n'ai pas dit ça, se défend-il.

– Tu ne l'as pas dit, c'est vrai, mais quelque part au fond de toi tu le penses, comme tout le monde. Et ça pourrit la vie de ceux qui le sont.

– Eh, du calme. Qu'est-ce qui te prend ?

Max me regarde maintenant avec méfiance.

– Il me prend que des gens sont prêts à foutre leur enfant dehors au seul motif qu'il est gay. Tout ça parce qu'ils craignent le regard de types comme toi, qui pensent qu'être gay c'est moins bien, et qu'ils ont trop peur qu'on les juge eux aussi.

Maximilien tente plusieurs fois de me couper la parole, mais je n'ai aucune envie de l'entendre débiter des justifications foireuses. Je lui parle de Jules, de ce foyer dans lequel il est obligé de vivre, du nombre de suicides qui augmente chez les jeunes homosexuels à chaque fois que des gens les stigmatisent. Oui, je suis inquiète pour Jules.

Au moment où je me lève, le serveur arrive avec mon café.

– Vous ne le voulez plus ? m'interpelle-t-il.

– Il va le boire, je lance sans me retourner. À moins qu'un café allongé, ça ne fasse pas assez viril.

J'accélère, cours presque, me débats avec les larmes qui dévalent mes joues et brouillent ma vue. J'ai conscience d'avoir été dure, de m'être emportée, de lui avoir fait payer autre chose, d'avoir réagi comme si je faisais face à mon père tentant de justifier ses actes, et surtout ses mensonges. Mais il est trop tard pour faire demi-tour.

De retour à la maison, je grimpe dans ma chambre et m'y enferme. J'aurais besoin de parler, de crier ma rage pour me vider d'une partie de ce fardeau qui m'écrase et contre lequel je ne parviens pas à lutter seule.

Je pourrais empoigner n'importe quel objet et le balancer contre un mur. Juste pour qu'il se fracasse. Voir les morceaux éclabousser toute la pièce. Mais je ne serai pas plus avancée après. Alors je laisse échapper les larmes qui me noient de l'intérieur. Avec elles montent les sanglots, qu'accompagnent des gémissements douloureux. Je me sens totalement perdue. J'attrape mon carnet, comme un marin en perdition s'accroche à une bouée. Déjà je cherche les trois mots qui me permettront le mieux de qualifier ce qui m'arrive. *Trahison* sera le premier. Que mon père ait une double vie, même si j'ai du mal à l'accepter, c'est SA vie. Et celle de ma mère. Mais ses mensonges, ses grands élans sur la transparence et la vérité, sa manière de me faire croire que ce que nous partageons est d'une pureté infinie, c'est MA vie. Oui, mon père est un traître. Et ma mère aussi, puisqu'elle le laisse nous fourguer ses propos cyniques.

Quand j'ouvre le carnet, je tombe sur ce que j'ai écrit les semaines et les mois passés. Tout sonne faux. Tout est faux. Les mots sur mon père, ma mère, Clément et même moi. Des mots qui témoignent d'un bonheur factice. Des mots que mes larmes troublent, mais ne parviennent pas à effacer quand elles imbibent le papier. Le bonheur qui s'étale sur ces pages n'a jamais existé puisque seul le mensonge a meublé nos vies. Une fable écrite par mon père, relue et approuvée par ma mère.

De rage, j'arrache des pages que je froisse et expédie dans la poubelle. Cela ne suffit pas. C'est trop doux.

Si je veux tirer un trait sur tout ça, je dois m'y prendre autrement. Je récupère les boules de papier, les fourre dans ma poche. Du tiroir de mon bureau, je tire le briquet qui sert à Romane quand elle veut fumer, puis reprends la direction de la dune.

Le soleil me toise de son zénith. Personne ne vient l'emmerder, lui.

Je m'installe côté forêt pour me protéger du vent, écarte le sable de mes mains pour former un trou d'une trentaine de centimètres, sur une cinquantaine de profondeur. Au fond, je jette les pages froissées récupérées dans la poubelle, que je recouvre d'une poignée d'aiguilles de pin. Le briquet n'a aucun mal à embraser le tout. J'arrache les autres pages, les offre aux flammes.

Quand je tombe sur une consacrée à Romane, je suspends mon geste.

Le léger crépitement du feu m'aide à reprendre le contrôle de mes émotions. Je mets de côté celles concernant mes amis, brûle le reste de mon carnet jusqu'à la dernière page. Couverture comprise. Et quand les flammes ont terminé leur ouvrage, je continue à entretenir le feu avec ce que je trouve à portée de mes mains.

Je regarde le fin panache de fumée s'élever doucement, avant d'être emporté puis dispersé par le vent.

19

Clément pénètre dans le CDI bondé.

Pour les secondes comme lui, cette fin d'hiver a déjà un goût d'été. Ils attaquent le troisième trimestre le plus court de leur scolarité, la saison de surf et de plage est sur le point de commencer, les profs sont de plus en plus détendus, les températures remontent, et aucun examen ne vient obscurcir l'horizon. Autant dire qu'il n'y a pas un seul élève de seconde ici ce midi. En revanche, la plupart des premières et des terminales ont le nez dans leurs notes pour préparer le bac blanc.

En apercevant Romane, Clément est soudain frappé par une idée dont il ne sait que faire : Nina ne passera pas le bac.

Est-ce qu'elle pourrait s'inscrire en candidate libre sans avoir été en cours de l'année ? Ou l'an prochain ?

Ou bien elle vivra sans ? Les choix auxquels sa sœur doit être confrontée lui donnent le vertige. Clément pense encore à elle comme la fille aînée de leurs parents, sa sœur, une adolescente. Mais il prend conscience, en voyant ses amis plaisanter en travaillant, que partir a été la première décision d'adulte de Nina. Contrairement à eux, encore accrochés à leurs familles pour des années, Nina n'est plus une enfant. Cette réalité le dérange. C'est comme si sa sœur s'éloignait un peu plus.

Romane l'a repéré et l'interroge du regard. Elle est accoudée au grand îlot central, autour duquel Clément reconnaît les visages qui peuplent les photos dans la chambre de Nina. Sa classe de l'an dernier. La classe dans laquelle elle devrait être. Il marche vers Romane et s'accroupit à côté de sa chaise pour ne pas attirer l'attention. Peine perdue. La plupart des terminales alentour les observent, ou tendent l'oreille en faisant mine de réviser. En même temps, c'est eux qu'il est venu voir, alors…

– Je peux vous interrompre ?

Ils échangent des coups d'œil incertains. Romane y met fin.

– C'est à propos de Nina ?

– Oui. Je sais que les enquêteurs ont interrogé certains d'entre vous, et je ne prétends pas être plus compétent que…

– Bien sûr que tu es plus compétent, l'interrompt Romane. Tu es son frère.

Le reste de la classe n'a pas l'air aussi à l'aise.

– Merci. Tu te souviens ce qu'on s'est dit l'autre fois, comme quoi Nina est du genre à planifier, et pas à partir sur un coup de tête ?

– J'y ai repensé aussi. Et ça ne m'avait pas frappée parce que je passais tout mon temps au lycée avec elle, mais les semaines avant sa disparition, on s'est peut-être un peu moins vues en dehors. J'avais mis ça sur le compte des révisions pour le bac de français, sauf que si elle savait déjà qu'elle partait, elle savait aussi qu'elle ne le passerait pas, donc…

Romane a parlé très vite, comme une vague qui déferle. Les autres la dévisagent, bouche bée.

– Excusez-moi, intervient le grand brun que Clément identifie comme Maximilien, on a raté un épisode ? Nina est encore en vie, c'est sûr ?

Clément hésite.

– Il y a des chances. Peut-être que je me trompe. J'ai lu le procès-verbal de ton audition par la police, Max, et tu leur as dit que… enfin que tu pensais que Nina était intéressée par toi, puis que tu t'es rendu compte que ce n'était pas le cas. Ça veut dire quoi ?

– C'est vrai, tiens, renchérit Romane. Qu'est-ce qui s'est passé entre vous deux ? Elle craquait grave pour toi.

Il glisse une main dans sa tignasse brune, gêné.

– Bah rien, justement. Tu sais les filles, des fois, faut pas chercher à comprendre…

– Vous n'avez jamais évoqué le sujet ?

– Si, vite fait, une fois. Enfin, elle n'avait pas l'air aussi à fond que tu le prétends, Romane.

– Ce n'est pas parce qu'elle ne te l'a pas montré que…

– Je t'assure que si elle avait laissé la moindre ouverture, j'aurais foncé… Elle était vraiment mon genre.

Clément n'est pas sûr de vouloir en entendre davantage, surtout que la documentaliste lui jette des coups d'œil assassins par-dessus ses lunettes ; elle ne va pas tarder à le renvoyer dans la cour.

– Romane, tu n'as aucune idée de ce que Nina faisait à cette période quand elle n'était pas avec toi ? Parce que je ne crois pas qu'elle était plus souvent à la maison… Mes parents ont parlé de Bordeaux. Comme quoi elle allait souvent là-bas.

– C'était pas avec moi, souffle-t-elle. À part le jour de mon tatouage, corrige-t-elle en pointant la salamandre qui orne son bras.

– C'était quand ?

– Février. Fin février. C'est à partir de là qu'on s'est moins vues en dehors du lycée.

Deux mois avant sa disparition. Nina aurait-elle gardé pour elle le secret de leur père si longtemps ? Sans en parler à personne ? En jouant la comédie à sa famille ? Elle a dû se sentir complètement seule au monde.

– Merci, lâche-t-il, je vous laisse bosser.

Il file vers la porte et quitte le CDI. Romane le rattrape dans le couloir.

– Clément ! Pourquoi tu nous demandes ça maintenant ? Il y a du nouveau ?

– Non. Peut-être.

– Tu as trouvé quelque chose.

Ce n'est pas une question. Ses yeux vifs fouillent ceux de Clément comme si elle pouvait y lire la vérité. Finalement, c'est elle qui reprend.

– Je ne voulais pas le dire devant les autres, et Nina me tuerait si elle savait que je t'en ai parlé, mais… un peu avant sa disparition, je crois qu'elle a passé une nuit avec un garçon. Elle m'a demandé de la couvrir. Je ne sais pas qui c'était ni où elle était, elle n'a rien voulu me dire.

Nina. Coucher avec un garçon. Wow.

– OK, murmure-t-il, ne sachant pas comment réagir.

– J'ai… je suis contente que tu reprennes les recherches, Clément.

– Tu avais raison, son départ est lié à notre famille, mais je ne veux pas en parler. Pas pour le moment.

– Je comprends. Si je peux t'aider, n'hésite pas.

Elle semble aussi déçue de ne pas recevoir ses confidences que sincère dans sa proposition.

– C'est gentil.

– Passe-moi ton téléphone.

Il obéit. Elle tape un numéro, s'apprête à l'enregistrer, relève le nez.

– Tu connais une autre Romane ?

– Non. Juste toi.

Elle sourit, visiblement satisfaite par cette réponse, et tape son prénom sur le clavier. Après avoir fait sonner son propre téléphone, elle lui rend l'appareil. Clément la regarde disparaître d'un pas décidé à l'intérieur du CDI. Difficile de résister à une fille pareille – son énergie et sa volonté paraissent sans limites. Il lui aurait parlé de la deuxième famille de son père si Romane avait insisté. Mais elle a respecté sa décision de se taire. Il ne l'en apprécie que plus.

Il rejoint ses amis dans la cour, et tous se dirigent vers le gymnase sans attendre la sonnerie. Alex et Barbie chahutent. Clément marche avec Noah sans dire un mot. Il est heureux de lui avoir tout raconté samedi. Ils n'ont pas besoin d'en reparler. Ils savent et, comme souvent, leur amitié demeure silencieuse.

Les deux heures d'athlétisme qui suivent lui font du bien. Ses pieds avalent la piste, et chaque foulée lui vide un peu plus la tête. Si bien qu'il se sent très loin de la conversation au CDI lorsqu'il quitte les vestiaires et découvre Maximilien qui l'attend à la sortie du gymnase.

– Romane m'a dit que je te trouverais là.

Clément masque sa surprise. Romane connaît son emploi du temps ? Venant de n'importe quelle autre fille, ce serait presque flippant. Mais parce que c'est Romane, il en ressent un plaisir dont l'intensité le surprend.

– Pourquoi, tu me cherchais ?

– Un truc m'est revenu concernant ce que faisait Nina à Bordeaux. À peu près un mois avant qu'elle disparaisse, je l'ai croisée à Lacanau. On a discuté, j'ai balancé une plaisanterie, et elle s'est énervée. Et maintenant que j'y pense, pour s'énerver aussi fort, elle devait déjà penser à… Enfin elle n'avait pas l'air dans son assiette, quoi. Et elle a évoqué quelqu'un. Un ami. Un mec qu'elle avait rencontré. Tout ce que je sais c'est qu'il était gay et avait été foutu à la porte par ses parents. Elle a dit qu'elle avait peur pour lui. Elle semblait bien le connaître.

Clément le dévisage. Aucun ami de Nina ne correspond à cette description. Aurait-elle laissé échapper une information malgré elle, à cause de la colère ?

– Elle l'a connu à Bordeaux ?

– Je ne sais pas. Je crois qu'il vivait dans un foyer, et ce n'était pas à Lacanau, donc…

– OK. Elle a mentionné son nom ?

– Jules. Ça m'a marqué parce que c'est le prénom de mon petit frère, et je n'aimerais pas qu'il… Enfin bref.

– Que tu n'aimerais pas qu'il quoi ?

– Rien.

Clément retient une remarque acerbe. Facile d'imaginer pour quelle raison Nina s'est énervée, ce Max pue l'homophobie à plein nez. Oh, il ne lâchera jamais rien d'énorme, il est plus hypocrite que ça. Mais Nina est particulièrement douée pour repérer les demi-vérités, et avec son habitude de se dresser contre les injustices, c'est le genre de remarque qui a dû la faire bondir. Clément, lui, préfère fuir, comme souvent.

– OK. Merci, Max.

– De rien.

Maximilien s'éloigne, laissant Clément songeur. Il possède deux indices sur les activités nouvelles de sa sœur durant les deux mois qui ont précédé son départ : le mystérieux Jules. Et Bordeaux.

Et si les deux étaient liés ? Même si Clément s'y rend plusieurs fois par an, il ne connaît pas bien Bordeaux. Il ne comprend pas les villes, ni leur fonctionnement ni leurs habitants. Il a besoin d'une citadine pour l'aider à retrouver la trace de Jules.

Il attrape son téléphone, envoie un texto à Élise.

Tu fais quoi mercredi ?

Rien de spécial… Il faut que je révise un peu… Pourquoi ?

Je vais à Bordeaux !

20

Les heures, les jours et les semaines s'enchaînent, sans que le malaise qui gronde en moi s'estompe. J'ai appris au fil du temps à présenter aux autres une face apaisée. Distante, mais apaisée. Cela permet d'éviter les questions, de repousser les discussions, d'endiguer les assauts de ma colère.

Les cours, les repas en famille, les amis du lycée. Tout désormais me semble insipide. Comme une ration de survie que mangerait un navigateur perdu au milieu de l'océan.

Au fond de moi, je sais que cet équilibre précaire ne pourra infiniment durer. Pour le moment, je m'en accommode. Ai-je un autre choix ?

Romane m'appelle moins. Elle m'a deux ou trois fois demandé ce qui m'arrivait. Elle me connaît si bien.

Mais mes réponses évasives, en évitant volontairement son regard, ont eu raison de son envie de m'aider.

Mon père est reparti une semaine, comme chaque début de mois, et nous a resservi son mensonge. L'excuse de Nantes.

– Je préférerais tellement rester avec vous. S'il n'y avait pas ce foutu boulot…

Il a déballé ses mots en me fixant, comme s'il harponnait une proie.

Quand il a dit au revoir à ma mère, j'ai guetté leur attitude à tous les deux. De parfaits acteurs, qui jouent la partition parfaitement rodée d'une tendresse complice. Celui qui ne connaît pas la situation ne pourrait la deviner. Tendre baiser.

L'autre jour, je me suis demandé comment aurait réagi Clément à ma place. Colère ? Désertion ? Repli ? Indifférence ? Ou simple acceptation ? J'ai beau tourner les hypothèses dans tous les sens, aucune ne prend le dessus. Clément est un étranger pour moi.

Alors, quand je pénètre dans le hall de cet hôtel bon marché face à la gare de Bordeaux, je n'ai pas un seul instant mauvaise conscience. Une fille brune pianote sur son ordinateur, lève à peine la tête quand je me présente devant elle.

– Bonsoir, je voudrais une chambre s'il vous plaît.

J'ai pris un ton assuré. C'est bête mais, comme c'est la première fois que je me présente à l'accueil d'un hôtel, je ne sais pas comment ça se passe.

– Pour combien de nuits ?

J'aurais envie de lui dire « pour toujours », mais la raison l'emporte.

– Une seule nuit. Pour deux personnes.

– Avec le petit-déjeuner ?

La question me prend au dépourvu.

– Alors ? me relance-t-elle.

Elle a maintenant les yeux braqués sur moi.

– Euh… non, juste la chambre.

Elle se penche de nouveau sur son écran.

– Cela fera cinquante-huit euros. Vous réglez comment ?

Je lui tends ma carte bancaire qu'elle insère dans son boîtier et me demande de saisir le code.

Je suis nerveuse, presque en apnée. Comme si la fille face à moi était une examinatrice du bac, ou bien une fonctionnaire des douanes alors que j'ai caché deux kilos de drogue dans mes bagages. C'est bête puisque je ne fais rien d'illégal.

Quand elle me tend la facture sur laquelle figure le code d'accès à la chambre, je ressens un profond soulagement.

– Chambre 304 au troisième étage. Vous avez les ascenseurs sur votre gauche. Pour le Wifi, il n'y a pas de code. Il vous suffit de saisir votre mail et de valider les conditions d'utilisation. La chambre est non-fumeur.

Je lâche un *d'accord* docile et la remercie.

Dans l'ascenseur, je dois saisir le code de la chambre pour accéder aux étages. Cette atmosphère de contrôle me rend complètement parano. J'ai l'impression qu'on m'observe, ne peux m'empêcher d'imaginer qu'il y a une caméra dissimulée derrière le miroir.

Une fois dans la chambre sans charme, j'envoie un texto à Jules avec le numéro de la chambre et le code d'accès. J'ai vraiment hâte qu'il arrive, je me sens tellement mal. Pour tromper le silence, j'allume la télé, choisis une chaîne qui diffuse des clips et m'assois sur le lit pour l'attendre.

Il débarque un quart d'heure plus tard.

– Au menu, ce sera sushis, annonce-t-il en posant un sac en papier kraft à côté de moi. Ça te va ?

– Oui, c'est parfait.

– Je n'ai rien trouvé d'autre qui me fasse envie dans les parages.

Passer la nuit ensemble ? C'est son idée. Il en a assez de ces terrasses de café où tout le monde nous observe et les curieux écoutent. Assez de ces rendez-vous au timing serré. Assez de devoir garder le contrôle de ses émotions.

Romane a accepté de me couvrir. Je sais qu'elle me harcèlera de questions dès lundi, à la première occasion. J'ai senti au téléphone qu'elle était heureuse et soulagée que je lui demande un service. Surtout ce genre de service. Cela permettait d'expliquer mon silence et ma distance des dernières semaines. J'ai eu des scrupules à lui demander ça, car je ne suis pas prête à lui raconter toute la vérité sur ce qui est en train de m'arriver. Mais je n'avais pas d'autre solution. Alors j'ai rangé ma gêne au fond de ma poche, et j'ai mis un mouchoir dessus, comme dirait ma grand-mère. La mère de ma mère. L'autre est une peau de vache que même son fils évite. C'est dire.

J'aime ma grand-mère maternelle, lui ai parfois confié quelques petits secrets ou préoccupations de gamine, quand il me paraissait impossible de m'en ouvrir à mes parents. Mais c'était pour des broutilles. Comment pourrais-je aujourd'hui lui annoncer que sa fille, ma mère, est cocue et que mon père entretient deux familles ? Ça la tuerait, ou en tout cas la plongerait dans une tristesse infinie que je ne veux pas lui infliger.

– Ça te plaît ? me demande Jules la bouche pleine.

Je le fixe quelques secondes. Il lève son sourcil gauche.

– Je ne t'ai pas tout dit.

À mes mots, il repose sur le plateau en carton le sushi qu'il était en train de porter à sa bouche. La télé diffuse une pub pour une voiture japonaise. On y voit une famille heureuse parcourir des routes ensoleillées dans des paysages de rêve. Je n'ai pas affronté mon père. Je n'ai rien dit à ma mère, ni même à mon gamin de frère qui n'aurait rien compris ou aurait simplement soufflé pour montrer qu'il s'en foutait. Mais à Jules, j'ai besoin de tout dire. Notre relation est trop belle et trop pure pour que je lui cache ce qui me bouffe.

– Moi aussi j'ai des problèmes avec ma famille.

– Quel genre ?

Jules m'écoute en silence raconter mon histoire. C'est la première fois que je mets des mots sur tout ça, que je fais des phrases. Je m'en tiens aux faits, ne partage pas la colère qui gronde en moi, le dégoût que j'éprouve pour ma mère, le sentiment de trahison qui me blesse chaque jour un peu plus, comme si la lame effilée du mensonge était toujours plantée dans la plaie.

– Et tu en penses quoi ? me demande-t-il.

Sa question agit comme une injonction, ou une simple autorisation. Les murs de la chambre semblent soudain bouger et se resserrer sur moi. Ils m'oppressent tant que toutes les larmes accumulées au cours de ces semaines jaillissent en un flot incontrôlable.

Jules roule sur le lit, me prend dans ses bras.

– Pleure, Nina, ça te fera du bien. Pleure, ne cesse pas de pleurer. Les larmes emportent toujours avec elles une partie de l'amertume.

Je lève mon regard sur lui. Des larmes dévalent ses joues.

– Parle et pleure, insiste-t-il.

Je raconte, déballe, explique ce qui me tord les entrailles, ce qui bouscule ma vision de la vie, de la famille et de l'amour.

– On sera toujours déçus par les autres, me glisse Jules. On est trop sensibles pour faire face. Mais on est tous les deux.

Je laisse filer ses deux premières phrases qu'en d'autres circonstances j'aurais pu juger pessimistes, et saisis la troisième. Oui, on est deux et, à cet instant, je m'accroche à lui comme un naufragé à une bille de bois.

Jules coupe la télé. Le silence envahit la chambre, que l'on parvient à peine à troubler quand on renifle, pleure ou se mouche.

Nous restons ainsi un temps infini, accolés, dans le souffle chaud de l'autre.

– On se couche ? finit-il par proposer.

Sans attendre ma réponse, il se lève, se débarrasse de tous ses vêtements et se glisse entre les draps. C'est la première fois que je vois un garçon nu. De si près. Juste pour moi.

J'hésite une seconde. Si je reste habillée, il ne me le reprochera pas. Mais je sens que ce moment où nous allons nous coller l'un à l'autre va être fort. Fondateur. Un ciment puissant qui scellera à jamais notre relation. Le besoin d'être simplement l'un contre l'autre. L'un à l'autre. Et la nudité nous rapprochera. Une découverte pour moi. Pour lui peut-être aussi. Je retire mon tee-shirt, mon pantalon puis mes sous-vêtements. J'essaye de ne rien montrer de ma gêne. Le sourire qui illumine ses yeux quand il me regarde chasse mes craintes.

Il soulève le coin du drap pour que je le rejoigne. Nous sommes maintenant nus, l'un contre l'autre. Plus rien ne nous sépare. Je pose mon épaule sur son torse, nous emmêlons nos jambes. Nos mains se serrent. Lové contre moi, il me serre fort et je fais de même. Mon cœur tape dans mon plexus.

Quand ma peau s'électrise, je perds un instant pied. Une poussée incontrôlée de désir, que j'étouffe aussitôt. Il ne se passera rien de sexuel entre nous, et cela me rassure. Il ne doit pas y avoir la moindre équivoque.

À cet instant, le monde autour de nous n'existe plus. Les autres et nos problèmes s'évaporent, comme une mince flaque sous le soleil brûlant de l'été.

J'aime sentir sur ma joue mon souffle qui vient de rebondir dans son cou. J'inspire l'odeur de son corps, profite du grain de sa peau sous mes doigts. Avec lui, tout n'est que douceur. Nous ne faisons qu'un. Il n'y a pas d'enjeu, pas d'apparence à sauver, pas de fierté à affirmer, ou bien à blesser. Non. Rien de tout cela.

Même si je sais que dehors dans le ciel, la lune et les étoiles poursuivent leur course sans fin, j'ai l'impression d'avoir réussi à stopper le cours des événements.

Nous sommes bien tous les deux. L'instant nous appartient et rien ne peut venir le gâcher. Car ce que nous vivons est baigné de sentiments purs. De l'amour le plus vrai qui soit, même s'il n'y aura jamais de relation sexuelle. Pas de faux-semblants. Pas de mensonges. Pas de tromperies. Pas la moindre mesquinerie.

Le monde se résume à nous. À ce moment qui frôle l'absolu.

Jules ne dort pas. Sans doute veut-il comme moi profiter de chacune de ces secondes ?

A-t-il les yeux ouverts ? Les miens, je ne peux les fermer. Je veux être là, avec lui.

Je repense à ce que j'ai répondu à la fille derrière son comptoir. « Une seule nuit. » Oui, une nuit.

J'ai dû murmurer ces mots sans m'en rendre compte car Jules me répond.

– C'est peut-être pour ça que c'est si beau.

21

Élise fait un peu la tête quand Clément la retrouve à Bordeaux mercredi en début d'après-midi et qu'il lui demande de l'aider à remonter la trace du mystérieux Jules. Elle aurait sûrement aimé qu'il vienne juste pour la voir et passer du temps avec elle, plutôt que d'être focalisé sur Nina. Mais il ne peut pas. Avril est là, déjà. Dans moins d'un mois, Nina aura dix-huit ans. Clément n'arrive plus à penser à autre chose. Heureusement, dès qu'il répète à Élise les paroles de Jules et Maximilien, elle change d'attitude. Ses yeux bruns s'illuminent de colère.

– Ses parents l'ont mis à la porte parce qu'il est gay ? Sérieux ? Ça arrive encore de nos jours ?

– Oui, apparemment il y a même une association qui accueille les jeunes victimes d'homophobie.

– C'est dingue. Vingt-et-unième siècle, quoi ! Y en a ils sont restés au Moyen-Âge !

À partir de là, révoltée, elle s'implique comme si elle connaissait Jules depuis toujours et qu'il lui avait été arraché sans raison. Clément en sourirait s'il n'avait pas peur de la vexer.

Ils repèrent un banc libre sur une petite place ensoleillée, face au cinéma Utopia, et s'y installent pour réfléchir à la marche à suivre, les fesses sur le dossier et les pieds sur l'assise. Clément a soudain l'impression inexplicable de sentir la présence de Nina. Comme si elle était là, à portée de main, et les écoutait. Une boule se forme dans sa gorge.

– Donc il vivait en foyer, répète Élise.

– A priori. Je n'ai aucune certitude…

– À part les éléments de son histoire. C'est de là qu'il faut partir. Tu parlais d'une association qui aide les jeunes comme lui ?

– Elle s'appelle Le Refuge®. Attends.

Il fouille dans sa poche, en sort un morceau de papier sur lequel il a noté l'adresse de l'antenne bordelaise du Refuge®, la tend à Élise.

– Rue des Menuts. Pas très loin, dans le quartier Saint-Michel, ajoute-t-elle après avoir consulté son téléphone. Le site Internet indique qu'il y a une permanence aujourd'hui. Enfin, c'est sur rendez-vous, mais il y aura peut-être quelqu'un. On chope un bus ?

– D'ac.

Clément se laisse entraîner jusqu'à l'arrêt, déniche une vieille carte de transport dans son portefeuille, la composte en montant dans le véhicule. Ils se laissent tomber sur des sièges. Le regard de Clément erre sur les façades qui défilent de l'autre côté de la fenêtre tandis que le bus se faufile par les rues étroites.

– Nina te manque ? demande soudain Élise.

– Beaucoup. Chaque jour.

Il n'a pas réfléchi avant de répondre. Il n'en a pas eu besoin. Le manque de Nina est un creux palpitant qu'il sent en permanence dans sa poitrine, comme un cœur manquant, un organe fantôme. Il n'en a découvert l'existence qu'après la disparition de sa sœur. Avant, il ignorait qu'il était heureux. Et depuis, il sait qu'il ne l'est plus.

Il a beau apprécier Élise, elle ne créera jamais de cœur manquant en lui, même s'ils se perdaient de vue.

Le silence entre eux devient pesant, et Clément est content d'arriver. Le bus les dépose dans la rue des Menuts, qu'ils remontent sur quelques mètres avant d'atteindre le bon bâtiment. C'est un vieil immeuble de pierre claire avec un grand balcon au premier étage et des frontons sculptés. Élise s'approche de la porte, presse une sonnette. Après quelques secondes, une voix masculine résonne dans l'interphone.

– Oui ?

– C'est bien Le Refuge® ? commence Clément. On aurait besoin d'un renseignement.

Son cœur bat la chamade. Les conversations, ce n'est pas son truc, alors à travers un interphone et avec un étranger, il ne se sent pas à l'aise du tout.

– Pouvez-vous revenir dans une demi-heure ? Je suis en rendez-vous.

– D'accord.

Ils marchent un moment dans le quartier, avisent les terrasses devant la basilique Saint-Michel, renoncent à prendre un verre de peur d'être en retard. Finalement, ils retournent sur leurs pas et attendent au pied de l'immeuble.

La porte s'ouvre, laissant passer une jeune fille d'une vingtaine d'années. Elle file sans les regarder. L'homme qui la raccompagnait avise Clément et Élise, leur sourit.

– C'est vous qui vouliez un renseignement ? (Ils acquiescent.) Entrez.

L'homme – Fabrice – les accueille dans un petit salon. Ils s'installent dans deux canapés séparés par une table basse. Clément lui explique ce qu'il sait de Jules en se faisant passer pour un ami.

– Il traînait pas mal près du magasin de ma mère, c'est comme ça qu'on l'a rencontré, précise Élise.

La vache. Elle a dit ça avec un aplomb incroyable. Est-ce d'avoir dû garder le secret sur l'identité de son père auprès de ses amis pendant toutes ces années qui l'a rendue si douée pour les mensonges ?

– Et depuis le printemps dernier, aucune nouvelle, poursuit-elle. Il a disparu. On s'inquiète pour lui. Vu sa situation, je me demandais si le foyer dont il parlait était le vôtre…

– Il a quel âge ? demande Fabrice.

Un jeune garçon passe la tête par la porte d'une pièce adjacente. Il adresse à Fabrice une mimique d'excuse, désigne des papiers qu'il tient à la main, les pose sur un meuble, puis disparaît. Fabrice revient vers Clément avec un sourire.

– Je ne sais pas exactement, s'excuse Clément. À peu près le mien, je dirais un ou deux ans de plus, maximum…

Fabrice hoche la tête. Il réfléchit un instant puis, d'un air désolé, leur indique qu'il ne peut pas leur donner d'informations.

– Nos dossiers sont confidentiels, explique-t-il. Nous protégeons l'anonymat de ceux que nous aidons. Ce qui est sûr, c'est que s'il n'a pas dix-huit ans, votre ami n'a pas pu être hébergé par Le Refuge®, l'association n'est pas habilitée à héberger des mineurs. D'ailleurs, nous ne possédons pas de foyer, juste des chambres dans des appartements. Il est peut-être venu ici, auquel cas nos bénévoles l'ont écouté, ont tenté une médiation familiale, et l'ont réorienté vers l'Aide Sociale à l'Enfance. C'est probablement dans l'un de ces foyers qu'il vit.

Ils quittent Fabrice, bredouilles et déçus. Clément n'est même pas certain que ce Jules soit mineur… Élise, elle, ne se laisse pas abattre.

– Il y a forcément des personnes à Bordeaux qui le connaissent. Il suffit de les trouver.

– Comment ?

– Il a bien dû être scolarisé à un moment.

Ils marchent à nouveau vers la basilique, sans but, comme si rester en mouvement les aidait à trouver un chemin vers Jules.

– Eh ! Excusez-moi ! Excusez-moi !

Clément et Élise se retournent. Un garçon aux cheveux blonds en épis court vers eux. C'est celui qui est venu apporter des papiers pendant qu'ils parlaient avec Fabrice. Il s'arrête à leur hauteur, reprend son souffle.

– Je connais Jules, avoue-t-il de but en blanc. On a été hébergés ensemble l'an dernier – il est majeur, au fait. Je ne voulais pas en parler devant Fabrice, normalement on n'a pas le droit mais… Ben comme vous disiez, Jules a disparu d'un coup au printemps dernier et je m'inquiète pour lui, alors…

Le cœur de Clément bat à tout rompre dans sa poitrine.

– Vous avez gardé contact ?

– J'ai essayé, grimace le garçon. Son téléphone sonne dans le vide, il a supprimé sa boîte mail… Même son compte Snapchat est offline.

– Qu'est-ce que tu sais sur lui ? Son nom de famille ?

– Non. Mais sur Snap, son pseudo était JuliusLeCorbus. Rapport à un architecte qu'il aimait bien, j'ai pas tout compris. C'est tout ce que j'ai. Désolé…

– C'est un début. Merci.

– Si vous le retrouvez, vous pourrez m'appeler, me dire comment il va ?

– Bien sûr.

Il donne à Clément un morceau de papier sur lequel il a griffonné son numéro.

– Super. Bonne chance, lance-t-il avant de tourner les talons.

Ils s'approprient une table en terrasse d'un café. Élise dégaine déjà son smartphone pour traquer le pseudo de Jules sur la toile. Clément l'imite. Les réseaux sociaux, ce n'est pas son truc. Il est dessus, mais ne les utilise que pour promouvoir sa carrière de surfeur et attirer les sponsors. Il tape directement le pseudo de Jules dans Google.

– Pas de JuliusLeCorbus sur Snapchat, lance Élise, et rien sur Facebook non plus. Il a dû changer ses comptes. J'essaye Twitter.

– J'ai un résultat sur Insta.

Des dizaines de photos de bâtiments parisiens s'alignent en petits carrés sous le pseudo de Jules. Est-ce bien son compte ? Comment être sûr ? Il fait défiler les clichés. Si les plus récents s'intéressent à des détails de façades, de larges avenues et des ponts ornés de centaines de cadenas, les plus anciens paraissent familiers à Clément. Des terrains vagues, des friches urbaines, des bâtiments ensoleillés de pierre claire sculptée, un skatepark… Il connaît ce skatepark ! C'est celui qui se trouve ici, à Bordeaux, sur les quais ! Fébrile, il vérifie quand cette image a été postée. Il y a un an et demi. Un vertige saisit Clément. Il montre son écran à Élise, qui pointe aussitôt une autre image.

– Là ! C'est la place sur laquelle on s'est assis tout à l'heure, devant l'Utopia.

– Et là le théâtre.

Clément remonte aux photos postées juste avant la disparition de Nina. Il y en a peu, trois ou quatre en un mois. Avisant une surface vitrée, Clément zoome. Le photographe apparaît en reflet. Mince, cheveux noirs rasés sur les tempes, écharpe autour du cou, il brandit son téléphone avec une grande concentration. Et à côté de lui, une silhouette floue aux longs cheveux clairs. Nina ? Difficile à dire.

Passé la fin avril, les photographies changent. Au revoir Bordeaux, bonjour Paris. Tout concorde.

– Nina est partie avec lui, souffle-t-il.

– Tu en es sûr ?

– Je le sens. J'ai l'impression qu'elle est dans ces images, juste en dehors du cadre. Ce bout d'écharpe rouge sur le muret. La main sur cette poignée qui pourrait être la sienne… Et puis les tags… Nina est fascinée par le street art. Lui, il n'en postait pas avant, et soudain, il s'y intéresse ! Regarde, ce collage-là…

La photo montre deux personnages ailés, mi anges mi gargouilles, collés tout en bas d'une façade devant quelques herbes sauvages qui se sont frayé un chemin à travers le béton. Ils sont accroupis comme s'ils contemplaient une ville depuis un toit, si bien que dans la tête de ceux qui les regardent, les brins d'herbe se changent en gratte-ciel. Poétique. Inventif. Du Nina tout craché.

Clément remonte encore. Julius Le Corbus a une routine précise de publication. Une photo par jour, avec une régularité étonnante.

Il s'arrête sur un panorama familier. Les bords de Seine. La cathédrale Notre-Dame se dresse en fond, des passants marchent au bord de l'eau en premier plan. Une seule personne est immobile. Elle a beau être de dos, avec des vêtements inconnus et des cheveux courts noir corbeau, des frissons parcourent la peau de Clément. C'est elle. C'est Nina. Là, en plein Paris, en plein décembre, il y a trois mois. Vivante.

Est-ce qu'il se fait des idées ?

Il ne peut pas contacter le propriétaire de ce compte pour s'en assurer sans risque que celui-ci en parle à Nina ; ce serait le meilleur moyen de la faire fuir. Et ensuite, Clément n'aurait plus aucune chance de retrouver sa piste. La seule solution est de s'y rendre.

– Et qu'est-ce que tu feras une fois à Paris ? proteste Élise.

– Je ne sais pas. C'est ma seule option.

Il se lève, s'éloigne de quelques pas, passe un appel.

– Clément ? répond Romane après quelques sonneries. Ça va ?

– Oui. Tu accepterais de me conduire à Paris ?

– Quand ?

Aucune hésitation. Aucune explication. Romane a promis son aide, et elle la lui offre.

– Dans quinze jours, le week-end du 19 avril.

– Tu n'as pas de compète ?

– Si. Justement. C'est la couverture parfaite.

– Mais tu vas louper la Coupe de France…

– La coupe sera encore là l'an prochain. Nina, c'est moins sûr. Et puis je me disais, ton bac blanc sera passé, alors… Je peux compter sur toi ?

– Bien sûr. Bien sûr. Je vais me débrouiller.

– Merci.

Clément raccroche.

Deux semaines et demie à attendre.

Une éternité.

22

Les immenses flammes en tissu à l'effigie des sponsors claquent dans le vent. Les haut-parleurs déversent un flot de musique qui s'interrompt dès que le speaker reprend la parole pour commenter la compétition.

Je me suis assise sur le sable pour assister au passage de Clément. Nos parents sont là aussi. L'écran géant affiche les noms des concurrents. Ils sont une douzaine, déjà dans l'eau.

Mon père prend des tonnes de photos, filme dès qu'il le peut. Je suis certaine qu'il aimerait être à la place de Clément. Revenir trente ou trente-cinq ans en arrière pour surfer avec cette même agilité, défier les vagues, rêver d'un destin de champion. Peut-être, se dit-il, que ce serait l'occasion de ne pas recommencer les mêmes erreurs. Dans ce cas, choisirait-il ma mère et nous ? Ou bien l'autre famille ?

Si ça se trouve, Monsieur ne regrette rien, et s'accommode parfaitement de cette situation. Deux femmes. Deux filles. Cela doit lui éviter de se lasser. Un seul fils aussi. C'est peut-être pour cela qu'il en est si fier.

De mes pieds nus, je creuse le sable, façonne un monticule comme je pouvais le faire enfant, avec l'espoir qu'il résisterait à la marée montante. Et chaque fois qu'une vague emportait une partie de ma forteresse, j'étais terriblement déçue, ce qui ne m'empêchait pas de recommencer la fois suivante avec la même énergie et la même foi.

Puis un jour, en grandissant, j'ai cessé de croire que je pourrais stopper les vagues et la montée des eaux. Ce que j'ai fini par comprendre pour le sable, j'ai mis plus de temps à le saisir concernant la vie. Si on n'y prend pas garde, nos existences sont à la merci des assauts de la lâcheté ambiante. Comment n'ai-je pas identifié plus tôt la véritable nature de mon père ?

D'un coup brusque, j'éventre le monticule de sable que j'ai modelé.

– Doucement, tu mets du sable partout, râle ma mère. Qu'est-ce qui te prend ?

Je me retourne, la fixe. Dans une grimace, elle crache les quelques grains qu'elle a reçus. Ses cheveux volent en tous sens. Des mèches ébouriffées couvrent une partie de son visage.

Si tu savais ! Mais en fait tu sais. Tu sais parfaitement, car toi aussi il a bien fallu que tu apprennes un jour qu'il t'avait trompée. Tu n'as pas pu être au courant dès le départ. Ou alors, c'est pire que ce que je pensais. Déjà que ce n'est pas glorieux d'avoir accepté et de t'être écrasée. Tu n'es qu'une femme soumise, sans fierté.

Une fois de plus, les mots restent en moi.

Les surfeurs se succèdent. Le vent emporte une partie des commentaires du speaker. Mais mon père prend le relais et y va de ses appréciations sur les prestations des concurrents. S'il le pouvait, il prendrait le micro. C'est fou comment tout ce que mes parents peuvent dire ou faire m'exaspère. Je ne supporte plus rien venant d'eux. Mon rejet est à la hauteur de ce que j'ai pu les aimer. À la hauteur aussi de la trahison.

Je rumine ma rancœur quand Romane vient s'asseoir à côté de moi en se laissant lourdement tomber sur le sable.

– Alors, c'était bien ? attaque-t-elle aussitôt dans un sourire gourmand.

Je lui fais signe de baisser d'un ton, mais elle continue :

– Maximilien ? Un autre ? Allez, dis-moi.

D'un côté mes parents. De l'autre l'inquisition. Si je me lève pour mettre fin à l'interrogatoire, mes parents s'inquiéteront auprès de Romane qui s'épanchera vite, croyant bien faire. Je dois trouver quelque chose à répondre avant que les questions de mon amie n'alertent ma mère ou mon père.

Le sourire que je sers à Romane pour calmer ses ardeurs ne fait que renforcer son attente.

– Eh bien ? me presse-t-elle.

– Tu diras que tu n'en sais rien, je chuchote en me penchant vers elle.

Elle lève les yeux et soupire.

– Et tu dis que tu es mon amie ? rétorque-t-elle d'un air pincé.

Son ton se voulait celui de la plaisanterie, mais un voile de déception recouvre maintenant son visage. Il faut avouer que ma réponse fait suite à plusieurs semaines de silence et d'évitement. Alors elle ne comprend pas.

Je m'en veux. S'il y en a une que je ne veux pas faire souffrir, c'est Romane.

Je dois rattraper la situation.

– Tu ne le connais pas.

Romane écarquille les yeux, claque sa paume sur sa cuisse et lâche un petit rire qui alerte mes parents.

Quand elle s'en rend compte, son rire se transforme en gloussement qu'elle étouffe dans ses mains.

Mes joues s'empourprent, mes mâchoires se crispent pour empêcher une remarque cinglante de filer.

Romane qui a remarqué mon état me donne un petit coup de coude et m'adresse un sourire. Je plonge mon regard dans le sable, en attrape une poignée que je laisse filer entre mes doigts serrés.

– J'ai un nouveau copain, ment-elle pour éviter tout soupçon de mes parents.

Derrière, je les entends évoquer leur rencontre, dresser la liste des premières personnes auprès de qui ils ont officialisé leur relation. Un ami commun de l'époque, puis toute leur bande, et ensuite leurs familles.

Qu'ils puissent un jour comparer la médiocrité de leur relation avec celle, si belle et si pure, que je partage avec Jules, me dégoûte.

Je me tourne pour regarder le mensonge en face. Mon père m'adresse un clin d'œil de connivence que je fais semblant de ne pas voir tant il me révulse.

Comment vais-je pouvoir continuer à vivre sous le même toit qu'eux jusqu'au bac ? Et après, quand je quitterai la maison pour faire des études ailleurs, je les imagine me pressant chaque week-end pour que je rentre. Peut-être même seront-ils capables de débarquer pour me rendre visite, même si je choisis la ville étudiante la plus éloignée de Lacanau.

Chaque jour, un peu plus, je pense que je dois partir, sans être capable de le faire.

– Clément s'élance ! annonce mon père.

Aussitôt, la tension devient palpable. Mes parents, les yeux rivés sur le Lycra® rouge de mon frère, se sont levés d'un bond. Plus loin, les juges scrutent le ride de Clément.

– Allez champion ! hurle mon père.

Il penche son buste d'un côté et de l'autre au même rythme que Clément, frappe le creux de sa main gauche de son poing quand ce dernier réussit une figure.

– Lâche rien ! envoie-t-il, même s'il sait qu'avec le bruit des vagues, Clément ne peut pas l'entendre.

Je me suis levée moi aussi. Mes pieds semblent englués dans le sable et mes bras pèsent dix tonnes tant j'ai du mal à m'enthousiasmer.

Romane s'époumone en encouragements. Elle occupe le rôle qui était le mien quand j'étais encore un membre à part entière du clan familial. Un clan soudé. Un clan qui a volé en éclats.

Je regarde mon père. C'est le dégoût qui m'habite. Il remarque que quelque chose ne va pas, fait un pas dans ma direction, passe son bras autour de mon épaule.

– Ça va, ma chérie ?

Ma chérie. Il prononce ces mots sur le même ton mielleux qu'il a utilisé avec son autre fille, quand je les ai vus ensemble dans la boutique. Comme je ne réponds pas, il insiste.

– S'il y avait un problème, tu me le dirais, hein ? On se dit tout, n'est-ce pas ?

Son sourire n'est pas celui d'un père, mais d'un commercial. Une fois de plus il tente de me vendre sa came. Ce type est toxique. To-xique !

Alors que je suffoque, il retourne du regard vers la course. Sûr de l'effet de son baratin. Convaincu que son marketing familial fonctionne aussi bien que celui de ses fringues. Il ne voit même pas que je me noie.

Un virage, puis un autre, qui précède un cut-back pour revenir dans le curl de la vague.

Quand Clément termine son ride, les regards se reportent sur l'écran, dans l'attente de la note des juges. La tension est palpable.

6,95

– Pas mal, commente mon père, mais il peut mieux faire. Avec une bonne vague, il serait capable de fournir un Backside 180 Shove-it. C'est de la graine de champion.

La série dure encore une quinzaine de minutes. Clément parvient à prendre deux autres vagues, pour des scores moindres.

Pour la clôturer, un juge lance un coup de corne et retourne le disque disposé sur la plage, côté orange face à l'océan pour alerter visuellement les surfeurs.

Déjà les compétiteurs regagnent le rivage, tandis que d'autres s'apprêtent à prendre leur place.

– On va manger par là. Tu te joins à nous, Romane ? demande mon père.

Alors que des sentiments contradictoires se livrent une rude bataille dans mon esprit, mon amie me jette un regard.

– Oui, s'il te plaît, viens avec nous, je la supplie.

23

Clément ferme la vitre tandis que Romane accélère pour s'engager sur l'autoroute. Le calme retombe dans l'habitacle de la voiture, seulement troublé par le bruit du moteur et la radio en sourdine.

Ils sont partis il y a une demi-heure, dès la fin des cours. Officiellement, Clément dort chez Noah, part avec lui et sa famille demain pour les Sables d'Olonne, et là-bas, comme souvent, des copains surfeurs les hébergent jusqu'à la compétition de dimanche.

À laquelle Clément ne participera pas.

Car lui sera à Paris, avec Romane, chez la tante de celle-ci qui a bien voulu les loger.

– Tante Olivia est spéciale, l'a prévenu Romane. Je l'adore, mais elle ne ressemble pas à l'idée qu'on se fait d'une adulte responsable.

Ce qui tombe bien, parce qu'elle a accepté de taire la présence de Clément auprès de la mère de Romane.

Il a puisé dans ses réserves d'argent de poche engrangées en travaillant l'été dernier afin de payer l'essence, les péages autoroutiers, et les frais qu'ils auront sur place. Il économisait pour une nouvelle planche. Ça attendra.

Clément vérifie pour la millième fois le compte Instagram de Julius Le Corbus – probablement une référence à Le Corbusier, célèbre architecte du milieu du XXe siècle, a-t-il découvert sur Wikipédia. Il a passé les deux dernières semaines à géo-localiser les clichés du compte en effectuant des centaines de recherches sur Google Images et en interrogeant sur des forums des photographes amateurs parisiens. La plupart ont été pris soit sur les bords de Seine ou l'île de la Cité, soit dans le vingtième arrondissement. Est-ce là que Jules vit ? Avec Nina ?

Il a posté une nouvelle photo ce matin, comme chaque jour vers dix heures. Un tag original, représentant un ananas et une fleur peints à la manière des gravures anciennes sur une armoire électrique beige. Clément est certain que cette photo-là a été prise par Nina. Il a eu beau retourner Internet toute la journée, impossible d'identifier dans quel coin de Paris ce tag se situe. Si Jules poste ce genre de gros plan demain et dimanche, le retrouver sera mission impossible, et le plan de Clément tombera à l'eau. Parce que c'est bien sur ces photos qu'il compte. Attendre que Jules en poste une nouvelle, repérer l'endroit et y foncer en espérant qu'il soit encore dans les parages, puis le suivre jusqu'à ce qu'il les mène à Nina.

Romane le sort de ses pensées.

– Tu peux me passer mes lunettes ? Dans mon sac, l'étui violet.

Les rayons éblouissants du couchant traversent l'habitacle de part en part. Clément obtempère, gêné de fouiller dans les affaires de Romane, même à sa demande. Alors qu'il déplie les branches des lunettes pour les lui donner, il se fige. Les iris de Romane ressortent particulièrement bien dans cette lumière oblique. Clément n'avait jamais remarqué leur bleu-vert translucide. Exactement celui qu'il aime contempler lorsqu'il s'apprête à sauter sur sa planche, au moment où l'eau se dresse vers le ciel avant de déferler.

Il dévisage Romane comme s'il la voyait pour la première fois.

Une fille-soleil.

Une fille aux yeux couleur de vague.

– Qu'est-ce qu'il y a ?

Il déglutit, troublé, et lui tend les lunettes qu'elle enfile, éclipsant la clarté de son regard.

– Rien, dit-il.

Tout, pense-t-il.

Il tremble presque devant l'évidence. Il se raisonne. C'est absurde. On ne tombe pas amoureux comme ça, en un battement de cils. Il connaît Romane depuis toujours. Il s'en serait forcément rendu compte s'il…

Une sensation physique inconnue balaye ces arguments. C'est comme si un lien invisible s'était noué entre eux. Il n'a plus besoin de poser les yeux sur Romane pour la sentir tout entière à ses côtés, une présence vibrante et unique, là, à portée de pensée autant qu'à portée de main. C'est une expérience étonnante. Est-ce qu'elle ressent ce changement ? Est-ce qu'elle perçoit comme l'air de la voiture s'est d'un coup fait plus compact pour libérer de la place à cette connexion nouvelle ? Ou bien est-ce juste lui ? Son cerveau qui lui joue un tour cruel ?

Le doute est insupportable. Clément se concentre sur l'organisation du week-end pour tromper sa nervosité.

Seul Noah sait où il est et avec qui. Il le couvre, mais si ses parents décident de se pointer dimanche aux Sables d'Olonne, Noah est chargé de leur dire que Clément est parti en week-end avec Romane, qu'il va bien et qu'il rentrera au plus tard dans la nuit de dimanche à lundi.

Mentionner qu'il est parti à la recherche de Nina sonnerait comme une trahison. Clément veut la retrouver par lui-même et la laisser libre de choisir le reste de son existence sans la contraindre à rentrer. Il veut la revoir, juste la revoir, avoir la preuve absolue qu'elle est encore vivante et qu'un avenir commun est possible – sera possible – un jour. En parler aux parents est donc hors de question. Ils la ramèneraient de force à la maison. Ils la feraient fuir, encore, pour toujours.

Alors tant pis si Clément se fait chambrer pendant les vingt prochaines années pour cette escapade que leurs parents ne manqueront pas de juger aussi irresponsable que romantique… Ce en quoi ils n'auraient d'ailleurs pas tout à fait tort.

Clément jette un coup d'œil à Romane, la gorge nouée. Elle le lui rend, assorti d'un coup d'œil qui lui retourne le ventre.

– Ça te dérange si je fume ?

– Non.

– T'es sûr ? Sinon j'en grillerai une quand on fera une pause…

– Non non, vas-y.

Clément hait l'odeur de la fumée de cigarette. Mais à cet instant, dans cette voiture, c'est la meilleure odeur du monde. Celle d'un week-end avec une fille-soleil aux yeux couleur de vague. Celle d'un espoir de retrouvailles avec Nina. Celle de la liberté lumineuse d'un soir de printemps qui ressemble à l'été.

Il est près de minuit lorsqu'ils arrivent chez Olivia. Tante et nièce s'embrassent. Clément sourit et fait de son mieux pour ne pas être gêné par les coups d'œil curieux que lui lance Olivia. Son appartement minuscule – un deux-pièces sous les toits – est décoré de tableaux, de statuettes et de bibelots probablement rapportés de voyages. À gauche de la porte d'entrée, une chambre avec une mezzanine. En face, la salle de bain étroite, et à droite, un salon cuisine dans lequel est déplié un canapé clic-clac. Clément dépose son sac près de la fenêtre, cherchant un matelas par terre. En vain. Olivia n'a préparé qu'un couchage deux places. Clément est partagé entre l'espoir et le regret. Il se couperait une main pour dormir dans le même lit que Romane. Mais il ne dormirait pas beaucoup, en réalité, et ce week-end, il doit concentrer son attention sur Jules et Nina. Il a besoin de sommeil, plus encore qu'une veille de compétition.

Il se tourne vers Romane qui vient à son tour de déposer ses affaires et fixe le clic-clac. Elle a un sourire étrange, comme si elle envisageait la possibilité de ne rien dire. Les pensées de Clément s'enflamment. Puis Romane pose une main sur l'épaule d'Olivia.

– Tu as un matelas pneumatique ?

– Oh ! J'ai cru que…

Romane attrape sa tante par le bras et l'entraîne dans l'autre pièce.

– Même si on était ensemble, tu crois vraiment que maman aurait accepté qu'on dorme dans le même lit ? entend Clément.

– Tu as dix-huit ans, Romane. Quoi qu'en pense ta mère, tu fais ce que tu veux avec ton vagin et le reste. Ou en tout cas, ce n'est pas moi qui vais t'en empêcher.

– Olivia !

– Quoi ? s'amuse celle-ci. C'est le mot vagin qui te dérange ? Tu en as un, il va être temps de t'y faire, ma chérie. Ce que les jeunes filles peuvent être prudes de nos jours… Tu sais, quand tu auras fait l'amour deux ou trois fois, tu te rendras compte que ce n'était pas la peine d'en faire une montagne. C'est simple, et bon, et fun, si c'est partagé avec la bonne personne.

Un silence choqué ponctue cette réplique. Clément tend l'oreille. Jamais il n'a entendu quelqu'un parler aussi librement de sexualité, et ça lui paraît merveilleux. Naturel.

– En tout cas, reprend Romane, on n'est pas ensemble. C'est un ami.

– OK, OK. Qu'est-ce que vous fichez là, si ce n'est pas un week-end en amoureux ? La vérité, ma chérie.

Elles baissent la voix. La suite de la conversation échappe à Clément. Il sort un tee-shirt et retire son pantalon. Romane revient quelques minutes plus tard avec un matelas de camping et un sac de couchage. Elle jette un coup d'œil amusé à son caleçon.

Ne pas rougir.

Ne. Pas. Rougir.

Tandis qu'il s'emploie à gonfler le matelas, il sent son regard posé sur lui.

– Tu te demandes si j'ai écouté, dit-il en refermant la valve.

– Oui. Et, tu *as* écouté ?

– À ma place, tu te serais bouché les oreilles ?

– Non. Mais ce n'est pas pareil. Tu es un garçon bien.

Il sourit sans répondre, la dévisage. Romane s'empourpre jusqu'aux oreilles. Clément n'en revient pas, il a fait rougir Romane, lui… Le monde à l'envers ! Il ne lui est peut-être pas indifférent, tout compte fait. Il s'échappe vers la salle de bain pour se brosser les dents, une flamme de joie dansant entre ses pensées.

Quand il revient, Romane est déjà sous sa couette et le suit des yeux. Il se glisse dans le duvet, programme une alarme sur son téléphone. Romane éteint la lampe de chevet. Le rideau tiré devant la fenêtre obstrue mal la lumière orangée de la rue, qui s'infiltre dans la pièce.

– Tu veux savoir pourquoi Nina est partie ? souffle-t-il après quelques secondes.

Froissement de draps. Le visage de Romane apparaît au bord du clic-clac, juste au-dessus de lui.

– Bien sûr. Mais seulement si tu as envie de me le raconter.

– Tu sais, les confidences, c'est simple, et bon, et fun, si c'est partagé avec la bonne personne.

Un coussin s'écrase sur son visage.

– Tu *as* écouté ! s'exclame Romane, outrée.

Il rit, puis répète :

– Tu veux savoir pourquoi Nina est partie ?

– Raconte.

24

Disparaître.

Comme pour me rassurer, je saisis ces onze lettres dans la barre du moteur de recherche qui me livre aussitôt une série de liens. Le premier mène à une définition. Je clique dessus. Sans doute ai-je besoin de la lire pour que ce verbe devienne plus réel.

La définition annonce quatre sens : ne plus être visible, s'absenter, mourir, ne plus exister.

Leur lecture me bouleverse.

Je pourrais chercher le mot *renoncer*, mais il est trop tard. Renoncer reviendrait à rester prisonnière de cette vie que je ne supporte plus. Cette vie de mensonges que je subis, cette vie bidonnée sur laquelle je me suis construite, je pourrais finir par m'en accommoder. Mais la traîtrise, non !

Une barre pèse sur mes poumons, m'empêche de respirer. J'ai soudain l'impression d'étouffer. Je me lève, vais jusqu'à la fenêtre, l'ouvre. Il me faut trois longues inspirations pour reprendre pied.

J'ai envie d'ajouter un autre sens à *disparaître* : faire table rase !

Car c'est bien de cela qu'il s'agit.

C'est le seul moyen pour espérer construire autre chose. Jules m'a ouvert les yeux en me montrant qu'on peut vivre autrement et que les relations humaines peuvent être autre chose qu'une mascarade.

En observant un couple de tourterelles perchées sur le pin face à moi, j'essaye d'imaginer les contours d'une existence où l'on pourrait vivre en confiance parmi les siens, goûtant sans crainte au bonheur simple. Oui, je suis naïve et idéaliste. Je me dis que si tous renoncent à l'être, le monde deviendra un véritable enfer.

J'imagine Romane qui me reproche si souvent ma candeur. C'est pour elle que j'ai le plus mal. Le problème est que si je lui fais part, ne serait-ce que d'une petite parcelle de mon projet, elle finira par parler.

Nous avons été amies. Au fond de moi nous le sommes encore. J'ai conscience que je m'apprête à la trahir, comme mon père. Je n'en suis pas fière et ça me dégoûte. Elle le vivra mal, je le sais, et elle m'en voudra. Mais comment pourrais-je réellement disparaître si je lui en parle avant ?

Je dévale l'escalier, décroche le téléphone familial, compose le numéro de Romane. Simplement entendre sa voix. Je me sens perdue. Mais c'est trop dangereux. Les yeux noyés de larmes, je repose l'appareil.

J'ai envie d'appeler Jules. Je sais que je ne dois absolument pas le faire. Depuis plusieurs semaines déjà, nous ne nous appelons plus pour ne pas laisser de traces. Pas de messages non plus. Jules m'a même conseillé d'éteindre mon portable à chaque fois que je viens le voir à Bordeaux, pour éviter qu'on me localise.

La première fois où nous avons évoqué l'idée de partir ensemble, c'était au matin après notre nuit dans cet hôtel de Bordeaux, à proximité de la gare. Une nuit collés l'un à l'autre, sans bouger, de peur de faire disparaître cette magie qui opérait en nous extrayant du monde. Je n'ai pas dormi. Jules a par moments sombré dans un sommeil agité.

Quand le jour s'est levé, la fatigue embrumait nos esprits, rendait inconcevable l'idée de poursuivre ainsi nos vies. C'est moi qui ai la première parlé de la possibilité de partir. Loin. Très loin. Pour toujours. Il m'a regardée, m'a demandé si j'avais bien réfléchi, si j'étais sûre de moi. Je lui ai répondu non. Et nous avons ri. Et pleuré. Et ri encore. Et pleuré de nouveau.

Après le pitoyable échange avec mon géniteur sur la plage lors de la compète de Clément, le projet de partir est cette fois devenu une évidence. Comment pouvait-il en être autrement ?

– Tu es vraiment sûre de toi ? m'a demandé Jules, ses mains sur mes épaules, ses yeux dans les miens.

– Oui, oui, oui ! ai-je répondu. Trois fois oui !

Il m'a reposé la question chaque jour, la semaine suivante au téléphone. Et chaque fois mes oui étaient plus fermes. Alors le septième jour il m'a dit : « D'accord, mais on ne peut pas faire ça n'importe comment. Un départ définitif, ça se prépare. Rien ne doit être laissé au hasard ».

Notre décision était prise.

Cette pensée me ramène douloureusement à mon problème : effacer toute trace. Car la plus infime permettra que l'on me retrouve. Alors si je veux mettre toutes les chances de mon côté, je dois éliminer chaque détail qui permettra de remonter jusqu'à moi.

Je referme la fenêtre et retourne à l'ordinateur.

Là, comme prévu, j'ouvre mon compte Facebook, le supprime.

On dit que les informations ne disparaissent jamais vraiment d'Internet, qu'il en subsiste toujours des bribes ici ou là, dans les profondeurs de mémoires d'ordinateurs situés aux quatre coins de la planète. Mais comme je n'envisage pas de me reconnecter un jour à ce compte, les restes d'information que je laisse ne seront que les vestiges de cette vie que j'abandonne.

Je m'apprête à faire de même avec mon compte Instagram quand je découvre une photo que vient de poster Clément, sur laquelle il est en plein ride.

Je ne sais pas qui l'a prise. Je la trouve belle. Je le trouve beau. Son visage éclaboussé, la gerbe d'eau dans son dos, avec ses milliers de gouttes qui accrochent les rayons du soleil comme autant de perles précieuses, sa main tendue qui effleure la vague. Ses yeux aussi bleus que ce décor grandiose. Je like, puis me dis que je ne peux pas me limiter à cela. Alors je vais lui écrire. Quelques mots, dont je ne connais pas encore la teneur. J'aime mon frère, c'est certain. Mais ce que nous partageons ne peut justifier que je reste. Il a beau être mon frère, nous vivons dans deux mondes différents. Trop différents.

Je fixe une dernière fois la photo. C'est cette image que j'emporterai avec moi. Clément paraît vivre l'instant. Il a l'air parfaitement bien. Heureux. Et ça me rassure. Je sens qu'il se remettra de mon départ. L'océan lui donne la force pour résister aux assauts toxiques de notre père. Moi je n'ai rien. Je ne suis que ces châteaux de mon enfance que la marée rongeait, avant de les emporter. Partir est ma seule issue. Parce que je ne suis que sable.

Comme pour Facebook, mon compte passe à la trappe.

Définitivement.

J'efface l'historique.

Je transfère ensuite toutes les photos prises au gré des rues sur un espace de stockage en ligne. Toutes, sauf celles ramenées par mon père.

Pour le disque dur ? Je m'en moque. Tout ce qu'il y a dessus correspond à cette vie que j'abandonne. Je n'ai rien écrit ni effectué la moindre recherche qui peut expliquer mon départ.

Puis je repense à cet ordinateur, acheté en double par mon père, et que possède aussi l'autre. Élise.

De rage, j'attrape le portable, le fracasse sur le coin du bureau. Cela faisait un moment que ça me démangeait de casser quelque chose. Je tape encore. La coque cède. L'écran aussi. Mais je ne m'arrête pas. Si je pouvais le réduire en bouillie, je le ferais. Quelle merde, ce truc ! Et moi qui ai sauté au cou de mon père quand il me l'a offert !

Je retire la carte SIM de mon téléphone, la coupe en deux d'un coup de ciseaux, fourre les morceaux de plastique dans ma poche pour les jeter dans une poubelle loin d'ici, puis fais le tri dans mon portefeuille. Je réalise qu'au moindre contrôle d'identité, on me ramènera illico chez moi de force. Et là, je n'ose pas imaginer l'ambiance.

Dans le placard du couloir, j'attrape un vieux sac de voyage qui traîne tout au fond. Aucun de nous ne l'utilise plus depuis longtemps. Mes parents ne sont pas près de donner son signalement. J'y jette dedans un minimum de fringues. Là encore, des vieux trucs. Je prends soin d'éviter tous les vêtements de la marque vendue par mon père. Je ne veux rien emporter qui me rappellerait ses mensonges.

Dans la salle de bain, je ne prends rien. Ma fuite doit paraître subite, improvisée, incompréhensible. Chaque question qu'ils se poseront retardera d'autant les recherches, m'offrant un peu d'avance.

Je me regarde dans la glace. À la première occasion, je me couperai les cheveux puis je les teindrai. Jules a promis de m'aider, tout en affirmant que ce n'est pas parce qu'il est gay qu'il saura manier le ciseau. Sa vanne l'a fait rire. Ce souvenir me fait sourire.

Je vais faire ma mue, quitter cette chrysalide qui m'étouffe.

J'attrape une feuille, une enveloppe et un timbre.

Je couche des mots sur le papier. Je ne sais pas ce que Clément comprendra. Saura-t-il saisir le sens caché entre les lignes ?

Clément,

Je suis ta sœur, tu es mon frère. Aujourd'hui,
je ne sais plus vraiment ce que cela veut dire.
J'ai l'impression qu'on s'est croisés sans se connaître,
ni même se reconnaître. C'est ainsi, et nous n'y sommes
sans doute pour rien. Ni l'un, ni l'autre. Quand tu recevras
cette lettre je ne serai plus là. Cela ne servira à rien
de me rechercher. Sache que ma décision est réfléchie,
et que tu n'as rien à voir là-dedans. Alors évacue tout ça,
et continue ta route.

Je t'embrasse

Nina

Quand je me relis, je trouve ça confus. Peut-être que j'en dis trop. Peut-être pas assez. Je pense froisser cette lettre et la jeter, mais le souvenir de la dernière photo que j'ai vue de Clément sur Instagram m'empêche de le faire. Je ne peux pas partir sans rien lui dire.

Comprendra-t-il qu'avec cette lettre, je lui dis que je l'aime ?

Avant de changer d'avis, je plie la feuille, la fourre dans l'enveloppe. Ma main tremble au moment d'inscrire ses nom et adresse.

Regarder devant. Penser à demain. Il n'y a plus que ça qui doit compter.

Le cœur battant, je fais un rapide tour de la maison, pénètre partout, promène mon regard sur chaque meuble, chaque objet, comme si je craignais d'oublier quelque chose.

Je suis tentée d'emporter un souvenir, mais je ne sais pas quoi prendre. Tout ce qui est là me rappellera mon père ou ma mère. Alors à quoi bon ? Je ne partirai donc qu'avec les pages de mon carnet que je n'ai pas brûlées, et les photos sauvegardées sur un site de stockage. De la maison, il n'y aura rien.

À l'heure de remonter dans ma chambre pour attraper mon sac et partir, mes jambes se mettent à trembler. J'aurais besoin du soutien de Jules.

Je pense à lui, convoque son regard doux, ses larmes, les cris qu'il a poussés dans ses cauchemars lors de la nuit que nous avons partagée.

Je repense à la douleur qui m'a transpercé le cœur quand j'ai compris que mon père me mentait, ou quand sa fille a fait une allusion à *son* père, qui dès ce jour, a cessé dans mon esprit d'être le mien.

Il est temps de tourner le dos à tout ça.

Une énergie nouvelle me traverse.

Je pars. Maintenant.

25

Où es-tu, Nina ?

09:58. Debout entre la bouche du métro Châtelet et la station de Vélib'®, Clément rafraîchit pour la centième fois le compte Instagram de Jules. Avec Romane, ils ont choisi d'attendre en un point central de la capitale, permettant de se rendre rapidement là où la photo du jour les mènera. Clément se fait violence pour ne pas fuir vers un quartier moins fréquenté. Tellement de gens. Partout.

– Respire, lui souffle Romane.

Il ne peut pas. Sa gorge est si serrée que l'air n'y circule plus.

Soudain, un nouveau cliché apparaît sur son écran. Un parapet de pierre au premier plan, un large ruban d'eau verte se déversant en contrebas. Une péniche-restaurant apparaît sur la droite du cadre. Des lettres blanches se dressent sur le toit. Clément zoome. « … dins du Pont Neuf. » C'est tout ce qu'il peut lire du nom du restaurant. Romane pianote sur son téléphone.

– On est juste à côté ! Suis-moi !

Ils se précipitent vers la Seine, longent un quai. Clément reconnaît aussitôt le pont qui enjambe l'eau scintillante, deux cents mètres plus loin, et la péniche fermée sur l'autre rive. Ils accélèrent. Ils ont une chance incroyable de s'être trouvés si près !

À cet instant, Clément se dit que tout va bien se passer, qu'ils touchent au but, que Nina est là, accoudée à une rambarde de pierre claire. Il imagine s'arrêter à quelques pas d'elle, et le long regard qu'ils échangeront avant de se tomber dans les bras, et le soulagement. Peut-être même qu'il va pleurer. Mais pour l'instant, il sourit.

Il s'engage sur le pont, cherche des yeux la silhouette familière.

– Tu la vois ? crie-t-il à Romane qui court juste devant lui.

– Non !

Des niches forment comme des petits balcons de part et d'autre du pont Neuf. Des touristes s'y arrêtent, le temps d'un cliché. Les passants sont nombreux. L'un d'eux est-il Jules ? Clément n'a vu son visage que dans le reflet flou d'une vitrine, alors difficile d'avoir une certitude.

– C'est là ! indique Romane. C'est de là que la photo a été prise !

Ils tournent sur eux-mêmes. Une vague de doute déferle sur Clément tandis qu'il scrute les visages inconnus qui l'entourent, à la recherche d'un garçon aux tempes rasées et une fille aux cheveux noir corbeau. Sont-ils encore coiffés ainsi ? S'ils se cachent, ils doivent régulièrement changer d'apparence.

Clément et Romane s'acharnent, parcourent les ruelles de l'île de la Cité, grimpent sur les plots pour voir par-dessus les passants qui leur jettent des coups d'œil étonnés.

Au bout d'une heure, ils s'arrêtent, se laissent tomber sur un muret en bord de Seine. Clément masse ses paupières. Les lacunes de son plan lui semblent soudain énormes. Comment a-t-il pu croire que ce serait simple ? Qu'il suffisait d'un compte Instagram pour retrouver son propriétaire ? Jules a peut-être pris cette photo du pont Neuf il y a des jours, ce n'est pas parce qu'il vient de la poster qu'il se trouve dans les parages. Et Nina encore moins.

– Qu'est-ce que tu veux faire ? demande Romane.

– Ce qu'on a prévu. On passe le reste de la journée dans le vingtième arrondissement en espérant qu'ils y vivent et qu'on va tomber sur eux…

Romane se relève, tend la main à Clément qui la saisit, plus par envie de la toucher que par besoin d'aide.

Ne pas baisser les bras. Ce n'est pas parce qu'on se rate sur une vague qu'on ne fera pas le ride du siècle sur la suivante. Ils ont un week-end entier pour retrouver la trace de Nina.

Clément et Romane marchent vers le métro. Une fois assis côte à côte dans la rame, ils sortent le plan de Paris sur lequel Clément a noté avec de petites croix rouges les emplacements où Julius Le Corbus a pris les photos qu'il a ensuite postées sur son compte.

Hormis ceux des parcs, des avenues connues et des bords de Seine, de nombreux clichés se situent dans un triangle au nord du vingtième arrondissement, entre le cimetière du Père-Lachaise, Ménilmontant et la Porte des Lilas. Jules y passe donc beaucoup de temps. Sur la carte, cette zone semble réduite. Clément se rend compte, dès qu'il quitte le métro et qu'il entame l'ascension de la rue de Ménilmontant, qu'elle est bien plus vaste qu'il y paraît.

– La vache, ça grimpe ! s'exclame Romane à mi-hauteur.

Ils s'arrêtent à un croisement pour souffler, observent les environs. C'est comme si rien n'allait ensemble. De grands immeubles côtoient des maisons individuelles, les devantures des boutiques sont tantôt flambant neuves tantôt décrépites et recouvertes d'affiches ou de tags, les terrasses colorées débordent sur les trottoirs, des espaces de verdure apparaissent où on ne les attend pas, sans compter les travaux qui perturbent le passage des voitures. Un fouillis organisé au milieu duquel circulent et vivent des centaines de personnes aux looks décontractés, loin des clichés « costume-cravate » et « jeunes filles hypersapées » que Clément avait des Parisiens. Il visualise tout à fait Nina dans ce genre de quartier.

– Regarde ! s'exclame-t-il en levant les yeux.

Une grande fresque s'étend sur une façade, représentant des hommes en train de danser, dans un style minimaliste et désuet. Au-dessus, au milieu de notes de musique, est inscrit « C'est nous les gars de Ménilmontant », et en bas, l'artiste a signé « Mesnager 95 ». 1995 ? Du street art du siècle dernier… Et une œuvre que Clément reconnaît aussitôt pour l'avoir examinée sur le compte Instagram de Jules.

– On se rapproche, juge-t-il pour se donner du courage.

Ils repartent.

Sept heures plus tard, épuisés d'avoir quadrillé le quartier sans relâche, Clément et Romane s'installent en terrasse, commandent des sodas, et les boivent en écoutant les conversations des tables d'à-côté.

– Hey, ce tag…

De l'autre côté de l'avenue Gambetta, une armoire électrique beige ornée d'un ananas et d'une fleur. C'est celle qu'a postée Jules hier. Celle dont Clément est persuadé qu'elle a été prise par Nina. Il serre son poing de frustration. Ils sont si proches… Ils ont repéré les sujets de la plupart des photos postées par Jules. Ils ont cru le voir lui-même au moins vingt fois, jusqu'à apercevoir son visage et se rendre compte qu'ils s'étaient trompés. Ils ont même suivi un garçon qui correspondait à son physique fluet pendant une demi-heure, avant qu'il rejoigne sa copine et l'embrasse d'une manière tout sauf platonique. Clairement pas homosexuel. Clairement pas Jules. Retour à la case départ.

Et Nina ? Nulle part. Introuvable.

Pourtant, Clément et Romane la reconnaîtraient sous n'importe quel déguisement. Elle n'a pas pu changer en un an au point de n'être plus rien de ce qu'elle était ? À quoi ressemble sa vie ? Est-ce qu'elle sort dans la rue ? Sans Jules ? Est-ce qu'elle travaille ? Est-ce qu'elle étudie ? Évite-t-elle toute habitude, de peur d'être retrouvée ?

Ils l'ignorent.

Bientôt, le soleil bascule derrière les toits. Romane et Clément avalent leur deuxième sandwich de la journée, et repartent. Clément ne saurait dire pourquoi, mais il imagine que Jules aime la nuit. Et peut-être que Nina privilégie l'obscurité lorsqu'elle quitte l'endroit où elle se cache ?

Ils enfourchent des Vélib'® pour ménager leurs pieds fatigués. Pour la troisième fois de la journée, ils repèrent les deux personnages mi anges mi gargouilles collés sur une façade. Ceux-là se tiennent debout, prêts à s'envoler, tels des super héros veillant sur la ville endormie. Ou telle une piste tracée exprès pour Clément et Romane… Mais lorsque vers minuit, ils se décident à rentrer chez

Olivia, ils ne sont pas plus avancés qu'au début de la journée.

– On aura plus de chance demain, le rassure Romane en poussant la porte de l'appartement.

– Tu crois ?

– Bien sûr, affirme-t-elle avec une lumineuse confiance. Hors de question que j'aie les pieds en bouillie pour rien !

Clément sourit. Plus il passe de temps avec Romane, plus il sent leur lien se renforcer. Il aime leur manière de se soutenir quand l'autre fatigue ou perd espoir. Et chaque fois qu'il effleure sa peau par inadvertance ou par choix, il a l'impression de recevoir une impulsion électrique qui hérisse sa peau de frissons. Si Romane ne se trouble pas de ces contacts, elle ne les fuit pas non plus. Ils ne sont prêts ni l'un ni l'autre à aborder le sujet. Leur priorité est Nina. Le reste attendra ou se dissipera, même si Clément ne l'espère pas.

– Vous avez passé une bonne journée, les touristes ? lance Olivia depuis sa mezzanine.

– Plutôt intéressante, répond Romane.

Et Clément se demande une grande partie de la nuit ce qu'elle a voulu dire par là.

Le lendemain, à dix heures moins cinq, Clément et Romane sont de nouveau sur le pied de guerre, en attente de la prochaine photo que postera Julius Le Corbus. L'atmosphère est plus tendue encore que la veille. Ils ne pourront pas revenir une nouvelle fois à Paris avant les dix-huit ans de Nina. C'est aujourd'hui ou jamais.

10:02.

10:05.

Mais qu'est-ce qu'il fiche ? Jules poste toujours à dix heures précises !

10:09, enfin la photo apparaît. De hauts arbres qui laissent entrevoir les toits de Paris, une croix de pierre moussue au premier plan et, dans le coin, la naissance d'un vitrail baigné de soleil. D'ordinaire, les clichés n'ont pas de légende, mais sous celui-ci, Jules a indiqué « Balade au cimetière du Père-Lachaise... ». C'est comme s'il leur envoyait un message personnel. Il est là-bas, maintenant. Conscients que sa promenade ne durera pas éternellement, Clément et Romane dévalent les marches de la bouche de métro et sautent in extremis dans une rame avant que les portes se referment.

Après avoir sillonné le quartier la veille, Clément et Romane le connaissent presque comme s'ils y habitaient. Ils décident de descendre à la station Gambetta, en haut du Père-Lachaise. Le cimetière le plus connu de Paris, un dimanche... Il va être bondé ! Jules risque une fois de plus de leur filer entre les doigts.

Ils pénètrent au Père-Lachaise vingt minutes plus tard. Comme Clément le craignait, les visiteurs sont nombreux à parcourir les larges allées ombragées et les multiples escaliers. Comment retrouver le tombeau de la photo parmi les centaines qui se dressent ici ? Romane repère une guide qui raconte une anecdote à des touristes attroupés. Elle profite que la guide encourage le groupe à la suivre vers l'arrêt suivant de leur parcours pour lui montrer l'écran de son téléphone, puis revient en courant vers Clément.

– Elle ne connaît pas l'endroit précis mais, selon elle, avec cette vue de Paris, c'est forcément un peu plus bas sur la droite !

La quantité incroyable d'arbres et de recoins est un paradis pour les promeneurs, un enfer pour Clément. Jules pourrait se cacher à quelques mètres de lui qu'il ne le repérerait pas. Ils descendent une allée circulaire, en fouillant les abords du regard. Clément croit reconnaître le lieu de la photo, quand Romane, debout sur un muret, s'immobilise. Elle fronce les sourcils, pointe une zone en contrebas où deux petites silhouettes assises sur un carré d'herbe se redressent, indifférentes aux passants, comme si elles étaient seules au monde. L'une d'elles est si familière que la respiration de Clément se bloque dans sa poitrine. Son cœur accélère.

Nina.

Ce pourrait être elle sous ce manteau kaki et ce bonnet prune.

Et le garçon avec elle ressemble à Jules. Clément a envie de crier le prénom de sa sœur pour en être certain, mais il la ferait fuir. Il fonce avec Romane dans l'allée, slalomant entre les visiteurs, en bousculant certains.

Lorsqu'ils atteignent le carré d'herbe, celui-ci est vide. Clément repère le bonnet prune plus loin, reprend sa poursuite. Après une cinquantaine de mètres, il perd sa sœur de vue.

– Nina ! hurle-t-il.

Il se sent vacillant, fiévreux, au bord de l'implosion. Il ne peut pas être si proche d'elle et la manquer. Ce n'est pas humain. Ce n'est pas…

– Ils ont dû sortir, lance Romane en attrapant sa main pour l'entraîner vers le grand porche de pierre qui donne sur le boulevard.

Déboulant sur le trottoir, ils les devinent qui longent l'enceinte du cimetière, à cent mètres de là. Ils s'apprêtent à traverser. Clément et Romane s'élancent à leur suite jusqu'à la bouche de métro, s'y engouffrent.

Ticket. Tourniquet. Couloirs.

Deux lignes passent dans cette station. Nina et Jules ont-ils choisi la 2 ou la 3 ? La bleue ou la verte ? Clément se maudit de ne pas mieux connaître le tracé de ces lignes pour deviner où ils se rendent. Il choisit à l'instinct.

Nouvel embranchement.

Direction Nation ou Porte Dauphine ?

Trop de choix, trop peu de certitudes !

Il s'en remet au hasard, dévale une volée de marches, balaye les quais du regard. Se fige. De l'autre côté des voies, sa sœur discute avec Jules.

Il hésite à remonter l'escalier pour prendre l'autre couloir et la rejoindre, mais le vrombissement d'un métro se fait entendre. Non, de deux métros, dont les phares approchent à grande vitesse. Ils vont entrer en gare dans quelques secondes, et il sera trop tard.

– Nina ! lance Clément.

Celle-ci fait volte-face avec un bond d'animal effrayé. Elle découvre Clément. La peur disparaît de ses traits, ne laissant qu'un sillage de surprise. Un bref instant, ils plongent dans les yeux de l'autre. Ses cheveux noirs font ressortir son regard, a-t-il seulement le temps de penser avant que les deux rames de métro surgissent simultanément des tunnels et la dérobent à sa vue, puis s'immobilisent dans un crissement de freins strident.

Clément essaye d'apercevoir Nina. Si elle grimpe dans le wagon, elle s'éloignera de lui, et il la perdra.

– Ne monte pas, murmure-t-il, ne monte pas…

Elle monte.

Clément ne peut s'empêcher de l'imiter. Bientôt, ils se retrouvent face à face, à un mètre l'un de l'autre, séparés par deux vitres. Plus personne n'existe qu'eux, ni Romane à ses côtés, ni Jules, ni les passagers qui ne se doutent pas un instant de ce qui se joue dans le regard qu'ils échangent.

La savoir si proche sans pouvoir la prendre dans ses bras est une torture.

– Où ? articule-t-il.

Nina fouille dans son sac, en sort un carnet, un stylo. La sonnerie indiquant la fermeture des portes retentit. Clément tape du plat de la main pour attirer l'attention de sa sœur, de plus en plus fort.

– Nina, où ?

Il a crié sans le vouloir. Elle relève le nez, plaque son carnet sur la vitre. Clément a à peine le temps de déchiffrer ce qu'elle y a écrit que leurs rames de métro partent dans des directions opposées.

Il s'accroche à une barre métallique. Il sent à peine la main de Romane sur son bras. Les mots de Nina dansent encore devant ses yeux.

« Fontaine Médicis, 17 h. »

Le rendez-vous des retrouvailles est donné.

Mais il est dans plusieurs heures. Assez de temps pour que Nina change d'avis et décide de ne prendre aucun risque. Décide de ne pas s'y montrer.

ÉPILOGUE

Le temps radieux de ce dimanche a fait sortir les promeneurs par centaines dans le jardin du Luxembourg où se dresse la fontaine Médicis. Clément et Romane auraient préféré être seuls. Être sûrs de ne pas rater Nina. Mais ils doivent composer avec ce flot de silhouettes, alors ils sont venus en avance, ont repéré les lieux.

Clément espérait une petite fontaine. C'est raté, elle est immense ; un long bassin bordé de balustrades fleuries se termine, dans un écrin d'arbres, par un haut portique de pierre abritant une statue. Clément détaille les trois personnages qui la composent. Deux sont étendus sur le sol, enlacés, amoureux. Un autre, bien plus grand, les domine en les fixant. Pourquoi Nina a-t-elle choisi cet emplacement ? Uniquement parce qu'elle peut se fondre parmi les passants ? Elle n'a pas eu le temps de réfléchir tout à l'heure dans le métro, ce lieu de rendez-vous ne peut pas être étudié. Peut-être travaille-t-elle à proximité ?

Dix-sept heures approche. Fébriles, Clément et Romane scrutent les visages des passants.

Soudain, Clément la voit.

Sa sœur est de l'autre côté du bassin.

Il s'apprête à contourner le portique de pierre, lorsque Nina lève une main pour qu'il ne bouge pas. Elle sort de son manteau un rectangle blanc. Une enveloppe. En un éclair, Clément comprend qu'elle n'a pas l'intention de lui parler, qu'elle va lui laisser la lettre et partir.

– Non ! Pas une deuxième fois !

Nina a une mimique désolée. Clément démarre comme un fou, passe derrière la fontaine, ressort de l'autre côté. Plus de Nina. Seule reste l'enveloppe, posée contre une vasque fleurie.

Il court à sa poursuite, saute par-dessus les chaînes qui entourent la fontaine, se glisse entre les arbres, débouche sur une allée bondée. Il hurle son nom, indifférent aux regards outrés des promeneurs. Son regard bondit d'une silhouette à l'autre, il tape sur des épaules étrangères en croyant reconnaître sa sœur. Il se sent sombrer, tomber sans fin à l'intérieur de lui-même.

– Clément…

Romane. Le regard vert océan de Romane, comme un phare au milieu du néant, qui le ramène au réel. Il est revenu vers la fontaine sans s'en rendre compte. Vers l'enveloppe blanche et la lettre qu'il déteste déjà.

Furieux, il frappe la pierre. La douleur explose dans sa main. Il la frotte, pivote. Nina est forcément là, quelque part, à l'observer. Inaccessible.

– Tu l'ouvres ? demande Romane.

– Non, gronde-t-il.

Il n'a pas envie de jouer selon les règles de Nina. Il l'a crue morte, il a supporté la détresse de leurs parents, l'enquête de police, les journalistes, il a cherché sa sœur pendant des semaines, il est venu jusqu'à Paris, il l'a trouvée, et maintenant elle le laisse en plan ? Elle aurait pu au moins l'embrasser, lui expliquer son choix de vive voix, il le méritait ! Mais elle ne lui laisse qu'une pauvre enveloppe qu'il a juste envie de jeter à l'eau. Et son absence, encore.

– Ouvre-la, insiste Romane.

– Et après quoi ? On fait comme s'il ne s'était rien passé ?

Romane ne répond pas, se contente de lui tendre l'enveloppe.

Clément la saisit, en déchire le rabat. La déplie.

Clément,

Je ne sais pas comment tu as fait pour me retrouver ! Que ce soit toi qui y sois parvenu me touche. L'émotion qu'a suscitée cette rencontre me montre à quel point tu m'as manqué. Même si je n'en étais pas vraiment consciente. J'ai été heureuse de voir Romane à tes côtés. Elle aussi m'a manqué. Dis-lui, s'il te plaît.

Je ne sais pas si tu as découvert les raisons qui m'ont poussée à partir. Si c'est le cas, j'espère que tu m'as comprise.

Tu dois m'en vouloir de ne pas t'avoir dit tout ça, de ne pas t'avoir prévenu que je partais, de t'avoir laissé dans l'ignorance. Je devais fuir. Ce n'était plus tenable. J'ai pensé que te parler risquait de rompre l'équilibre que tu t'étais construit.

Si tu me cherches aujourd'hui, c'est peut-être que tu es prêt à me pardonner. J'aurais tant de choses à te raconter, tant de questions à te poser.

Ne m'en veux pas d'avoir repoussé le moment où on se verra. Tu sais que parler a toujours été compliqué pour moi. Tu t'es suffisamment foutu de moi avec mon carnet et mon «ami imaginaire». Si je t'écris encore une fois, ce n'est pas pour fuir à nouveau, mais simplement pour me permettre de trouver les mots justes pour ce premier contact. Je veux que notre histoire redémarre sur des bases solides, et non sur des paroles maladroites, que l'émotion rendrait sans doute incohérentes.

Je t'ai trouvé très beau. Changé. Avec la maturité affichée d'un adulte.

J'ai compris à ton regard qu'on se reverrait, et j'en suis très heureuse.

Oui Clément, tu m'as manqué.

Je te demande seulement une chose. Ne dis rien à personne de l'endroit où je me trouve. Dans quelques jours je serai majeure, et on ne pourra plus m'obliger à rentrer. Car ça, je ne le veux pas.

Il n'y a pas un jour où je ne regrette pas ce que j'ai fait. J'aurais tellement aimé vivre autrement. Mais il n'y a pas un jour non plus où je ne me dis pas que j'ai bien fait. C'est tellement compliqué.

Il y avait certainement d'autres moyens de couper les ponts. Moins rudes, moins violents. En même temps, je doute que nos parents m'auraient laissée partir.

Peut-être un jour renouerai-je avec eux. Sans doute, ce jour-là, serviras-tu d'intermédiaire.

Oui, Clément, on se reverra. Mais jusqu'à ce que je te recontacte, je te le répète : ne me cherche plus.

La seule chose qui pourrait arriver, c'est que je fuie à nouveau. Et ça non plus, je ne le veux plus.

Ça a été si dur. Courir, se cacher, mentir. La rue, où nous avons vécu quelque temps avec Jules. Non, je ne veux pas recommencer tout ça. Et puis il y a cette vie que je veux construire. Je vais pouvoir m'inscrire pour passer le bac, et reprendre des études. Jules et moi deviendrons architectes. Il faudra que je te parle de tout ça. De lui. De notre passion pour les lignes et les projets d'aménagement. La photo aussi. Et puis nos personnages ailés que nous collons la nuit sur les façades décrépites.

L'an dernier, j'ai été prise par une vague trop forte qui m'a roulée sur le fond, m'a emportée dans un tourbillon, m'a fait perdre tous mes repères. Je n'y voyais plus clair dans cette eau troublée par le sable en suspension qui m'a littéralement engloutie. C'est là que j'ai vécu depuis mon départ.

Je sais que tu comprendras cette image, toi qui es une véritable créature aquatique ! Maintenant que la vague est passée, le sable commence à se redéposer sur le fond, et l'eau, ma vie, retrouve peu à peu sa transparence.

J'ai confiance en toi. En ton silence.

Je compte sur toi, Clément.

Nous nous reverrons bientôt. Je te le promets.

Je t'aime.

Nina

Clément relit la lettre plusieurs fois. Chaque mot se fiche dans son esprit, y trace un sillon. C'est comme une route. Un chemin de lui à Nina, de Nina à lui, qu'il pourra arpenter à sa guise jusqu'à ce jour qu'elle évoque, où elle lui reviendra.

Il finit par confier la feuille à Romane. Tandis qu'elle la parcourt, Clément lève les yeux vers les feuilles tendres qui frissonnent sur les branches. Sa colère contre Nina s'est envolée. Reste le manque. La joie de la savoir en vie et en route vers un futur qu'elle se construit. La tristesse de s'être trouvés sans s'être retrouvés. Une pelote d'émotions dans sa poitrine, qu'il peine à démêler.

Romane termine la lettre. Elle est au bord des larmes. Clément la prend dans ses bras, la serre contre lui. Il découvre l'odeur d'amande de ses courtes mèches blondes et la douce chaleur de ses mains dans son dos. Leur étreinte possède une évidence qui le bouleverse.

Ils restent ainsi un long moment, immobiles au milieu des passants.

Puis, lorsqu'il se sent prêt, Clément murmure :

– Rentrons.

Fondée en 2003, l'association Le Refuge a pour vocation d'offrir un hébergement temporaire et de soutenir les jeunes homosexuels, filles et garçons, majeurs, victimes d'homophobie et de transphobie, notamment dans le cadre de leur famille.

Elle leur propose un accompagnement social, psychologique et médical.

LES AUTEURS

Manon Fargetton

Née en 1987, Manon Fargetton a grandi à Saint-Malo, entre rochers et tempêtes, les yeux fixés sur l'horizon. Son besoin d'écriture la pousse à composer poèmes et chansons dont elle recouvre les pages de ses cahiers. Puis au lycée, une histoire prend forme dans sa tête tandis que des personnages frappent à la porte de son imagination... Ils seront à l'origine de son premier roman *Aussi libres qu'un rêve,* qu'elle publie à dix-huit ans.

Depuis, les personnages s'alignent dans sa tête en une véritable file d'attente, et elle fait de son mieux pour entendre leurs voix afin de leur offrir l'existence d'encre, de papier et de pixels qu'ils méritent.

Avec *Le suivant sur la liste* et *La nuit des fugitifs*, elle signe chez Rageot ses premiers thrillers en ré-explorant les lieux de son enfance. Elle est aussi l'auteure du *Livre de toutes les réponses sauf une* et de la série *Les plieurs de temps.*

Manon vit en région parisienne où elle partage son temps entre ses deux métiers : régisseuse lumière au théâtre et écrivaine.

Retrouvez-la sur les réseaux sociaux et sur son site :
manonfargetton.com

Jean-Christophe Tixier
Jean-Christophe Tixier est né en 1967.

Il a écrit une quinzaine de romans jeunesse dans des genres et pour des âges différents.

Il est aussi l'auteur de nouvelles et de fictions radiophoniques qui ont été diffusées sur France-Inter. Il partage son temps entre l'écriture, l'organisation à Pau d'un salon dédié aux littératures noires, intitulé Un Aller-Retour dans le Noir, et les voyages.

Vous pouvez en apprendre davantage sur son site :
jeanchristophe-tixier.fr
ou bien le retrouver sur

De Manon Fargetton,
en grand format :

L'Intégrale Le suivant sur la liste

Izia, Morgane, Timothée, Samuel, Nathan.
Cinq adolescents aux dons exceptionnels.
Cinq adolescents épiés, menacés, traqués.
Cinq adolescents qui doivent découvrir le secret de leurs origines s'ils veulent survivre.

Le Livre de toutes les Réponses sauf une

On l'appelle le Livre des réponses. Il vient de la nuit des temps.

S'il se consume, il renaît de ses cendres.

Il est le trésor de la bibliothèque de Pandora. Il répond à toutes les questions.

Bérénice, son amie, va-t-elle lui poser celle qui lui brûle les lèvres depuis si longtemps ?

Et le Livre lui dévoilera-t-il enfin la vérité ?

Les plieurs de temps -
Robin à la dernière seconde

Anthony à cinq minutes près

Robin est un Plieur de temps. Grâce à son horloge magique, il peut arrêter le temps.

Mais suffit-il d'avoir un super-pouvoir pour devenir un super-héros ?

Anthony est un Plieur de temps. Grâce à son horloge magique, il peut revenir 5 minutes en arrière.

Mais un super-pouvoir peut-il rendre super-heureux ?

En poche, JUNE la trilogie de fantasy de Manon Fargetton :

June, une héroïne combative et inspirée, poursuit une quête à travers diverses contrées, rencontres et épreuves, afin de se révéler à elle-même…

Manon FARGETTON
JUNE
Le
Choix
RAGEOT

Manon FARGETTON
JUNE
L'invisible
RAGEOT

De Jean-Christophe Tixier,
en grand format :

Demain il sera trop tard

Que feriez-vous si vous connaissiez l'heure, terriblement proche, de votre mort ?

La Traversée

Jeune Africain, Sam voyage à bord d'un bateau de migrants : destination l'Europe. Pour tout bagage, lui et ses compagnons emportent des souvenirs des visages de leurs proches, une médaille offerte par une petite sœur ou un gri-gri.

Partir.

Construire un ailleurs. Tous en ont rêvé.

Ils tentent d'y croire encore, tandis que la mer grossit.

Soudain, la tempête éclate…

Traqués sur la lande

Août 1934, Belle-Île-en-Mer. Au bagne d'adolescents, un surveillant frappe trop fort… L'émeute éclate. Une centaine de garçons réussissent à fuir et gagnent la lande. Gab les yeux gris, le Râleur et quelques autres tentent de trouver un abri sûr pour échapper à la traque. Mais où chercher de l'aide ? Bientôt Gab croise la route d'Aël, qui connaît le coin comme sa poche et tente aussi d'échapper au destin que l'on a tracé pour elle…

En Heure noire

Sept ans plus tard

Lors d'une réunion d'anciens élèves, rivalités et inimitiés surgissent. Anthony, qui se vante d'être un caïd, semble bien décidé à gâcher la fête…

Foulée d'enfer

Alex s'inquiète des dérives de son père impliqué dans la milice de quartier dirigée par l'obscur Menello.

Quand Omar, le coach d'Alex, est accusé par la police, il tente tout pour le disculper…

RAGEOT s'engage pour l'environnement en réduisant l'empreinte carbone de ses livres. Celle de cet exemplaire est de : 800 g éq. CO_2
Rendez-vous sur www.rageot-durable.fr

PAPIER À BASE DE FIBRES CERTIFIÉES

Cet ouvrage a été composé par IGS-CP
à L'Isle-d'Espagnac (16)
Imprimé en France
par Normandie Roto Impression s.a.s. (Lonrai)
Couverture imprimée
par Boutaux (Le Theil-sur-Huisne)
en avril 2018
Dépôt légal : décembre 2017
N° d'édition : 5638-02
N° d'impression : 1801379